JN131230

2DB
二次元ドリーム文庫

悪役令嬢PRO【プロ】
VILLAIN LADY

貴女を救う為に99回転生し、すべての人生で悪を為してみせますわ

小説 上田ながの　挿絵 べにしゃけ

登場人物紹介

フェアリア
公爵家の令嬢で、周りに甘やかされて育てられた生粋のお嬢様。容姿端麗な少女で婚約者のいる身だが、内心では幼馴染のリーナの事が気になっている。
リーナ
男爵家の令嬢として生まれた優しい少女。幼い頃はフェアリアと仲良しだったが、身分の違いもあり現在は距離を置いている。

序章　わたくしがプロ悪役令嬢ですわ

王城の大広間——本当に沢山の貴族達が集まっています。国中の有力貴族全員が集められているのだから当然ですわね。

本日行われているのは舞踏会。主催者はこの国の王子であるスヴェンド＝クルシュカーナ＝ロザリント。舞踏会の目的は王子の婚約発表。つまり、わたくし——フェアリア＝ソル＝ストゥルスがスヴェン王子の正式な婚約者として大貴族達にお披露目されるということですわ。

「このたびはおめでとうございますフェアリア様」

「いつもお美しいですが、今日の美しさは格別です」

舞踏会の主催はスヴェン王子。しかし、主役はわたくし。

それを知っている貴族達が早速おべっかを使ってきます。所作は優雅、けれど、皆揉み手をしているように見えますわ。まったく浅ましい。ですが、わたくしは王子の婚約者であり、ここロザリント王国において王族に次ぐ身分であるストゥルス公爵家の令嬢。貴族達がこういう態度に出るのも当然といえば当然のことですわ。

だから決して不快感など見せることなく、彼らにわたくしは笑顔で「ありがとう」と返します。次期王妃の懐の深さというのを見せなければなりませんからね。

「あ……あの……」

そうして貴族達の相手をしていると、一人の少女がおずおずとわたくしに声をかけてきました。

ピンク色のドレスを身に着けた、少し茶色がかった髪の少女です。名前は——

「あら、これはこれはリスカーナ様ではありませんか」

リスカーナ＝レイ＝ロンド——王国貴族としては最も位が低いロンド男爵家のご令嬢ですわ。

わたくしはそんなリスカーナ様に対し、彼女が身に着けている淡いピンクのドレスとは対照的なほどに真っ赤なドレスのスカートを翻《ひるがえ》し、満面の笑みを浮かべてみせます。

その笑みのお陰か、リスカーナ様は少しだけ安堵した様子で「フェアリア様……このたびはご婚約、おめでとうございます」と頭を下げてきました。

「ありがとうございますわ。リスカーナ様にそう言っていただけるなんて、わたくし、本当に幸せものですわ」

更に笑みを深めてみせます。

「でも、正直驚きましたわ」

ですが、わたくしが向けるのは笑顔だけではありません。

「確かにご招待は致しましたが、まさか本当にいらっしゃるなんて思ってもみませんでしたからね。何しろ、今日はロザリント王国にとって本当に大切な舞踏会。そこにまさか貴族とはいえ、男爵家ごときの者が顔を出すなんて……。ふふ、わたくしが同じ立場でしたら絶対に遠慮していますわ」

今日、この場に集まっている貴族は伯爵位以上の者ばかり、そこに最下級である男爵家の者が混ざるなんてあり得ないこと——わたくしはクスクスと笑います。すると、それにつられるように周囲の貴族達も笑い始めました。

そうした嘲笑にリスカーナ様は唇を引き結び、ギュッと拳を握り締めます。瞳もなんだか潤んでいるように見えました。一目で今にも泣きそうな顔だということが分かります。

けれど、リスカーナ様は決して涙を流したりはしませんでした。必死に耐えています。

丸みを帯びた目、ふっくらとした頬、少し狸みたいなその顔は愛嬌を感じさせます。とはいえ、それほど意思が強そうな顔立ちには見えません。それでもリスカーナ様は耐えています。これまでも何度となくこうして嫌味を口にしてネチネチ責め立ててきましたが、リスカーナ様は決して心を折りはしません。意思の強さは本物ですわね。まぁ、だからといって手を休めるつもりはさらさらありませんが……。

「貴女はそうは思わなかったのですか？　男爵家ごときがこの舞踏会に出ることで、王国の品位を落としてしまうとは思わなかったのですか？」

わたくしは笑顔のまま、リスカーナ様に囁《ささや》きかけます。

「やはり平民のような下賤な者共と付き合っていると、貴族の常識というものが欠落してしまうのかしら？」

ロンド家は貴族とはいえ貧しい家です。故にリスカーナ様は幼い頃から領民達と共に畑仕事などに精を出していたとのことですわ。普通の貴族なら絶対にあり得ないことです。

「わたくしは別にいいのですわよ。しかし、王国に――スヴェン殿下に対して悪いとは思わないのですか？」

わたくしは責めるのをやめません。繰り返しリスカーナ様に言葉を投げかけ続けます。

「それは……その……」

そんなわたくしの言葉に、リスカーナ様はスカートを握り締めながら俯きました。

「悪いと思うなら、謝罪してください。ここでわたくしに……いいえ、王国に……。皆様もそう思いますわよね？」

わたくしを取り巻く貴族達を見回します。

すると彼らは顔を見合わせると「その通りです」「フェアリア様が仰《おっしゃ》る通りですね」と口々に賛同してくれました。

「……だ、そうですわ。ほら、リスカーナ様、謝って」

わたくしは笑みを深めます。

「そこまでだ」

朗々とした声が響き渡ったのは、そんなときのことでしたわ。

わたくし、貴族達、それにリスカーナ様——一斉に声が聞こえてきた方へと視線を向けます。するとそこには、わたくしによく似た金色《こんじき》の髪に、紅い瞳の男性——スヴェン＝ド＝クルシュカーナ＝ロザリント王子が立っていました。

王子は真っ直ぐこちらを——わたくしを見ています。その目には、明らかに怒りの色が灯っていました。

「これは殿下——ご機嫌麗しく」

向けられた怒りを受け流し、わたくしはスカートの端を摘まむと、優雅に頭を下げました。完璧な淑女の態度です。

「ご機嫌？　機嫌がいいわけなどあるものか！　フェアリア──私は今、怒っている」

「……お怒りに？　何故ですか？　今日はわたくし達二人にとって本当にめでたい日ですのに。一体何を怒っているというのです？」

わたくしは首を傾《かし》げてみせます。

すると王子は「お前がこれまで犯してきた罪に対してだ！」と大広間中に響く声を上げました。

「わたくしが犯した罪？」

「そうだ……。これまでお前がリスカーナ嬢に対して行ってきた仕打ちの数々、そのすべてを私は把握している」

「仕打ち？　わたくしが何をしたと？」

首を傾げてみせます。

「分かっているはずだ。これまでお前は事あるごとにリスカーナ嬢に対して嫌がらせをしてきたであろう？」

「嫌がらせ？　何を証拠にそんなことを？　わたくしは決してそのようなことはしていませんわ」

真っ直ぐ王子を見据えます。

「残念だ」

そんなわたくしに対し、王子ははぁっとため息をつきました。

するとそれに合わせるかのように、何人もの女性達が姿を現しました。白と黒を基調としたメイド服を身に着けた女性達です。

「……貴女達……」

そんな彼女達を見て、わたくしは硬直してしまいます。

「見覚えがあるであろう？」

王子の冷たい言葉が向けられます。

その言葉は事実でした。実際、わたくしは女性達に見覚えがありました。いえ、そんなレベルではありません。何故ならば、彼女達は皆、わたくしの侍女だったのですから……。

「フェアリア……お前が侍女達や、取り巻き貴族達に命じてリスカーナ嬢に対して、口にすることも憚《はばか》られるような行為を繰り返してきたと、彼女達は証言してくれている。他でもない、お前に最も親しかった侍女達がな！」

王子の目が細められます。まるで刃のようです。

いえ、王子だけではありません。この場に集まっていた貴族達がわたくしに向ける目も、冷たいものに変わっていました。先程までおべっかを使ってきていた者達とは思えないほどの変化です。

流石《さすが》は貴族――流れを読むことには長けているということですわね。

「申し開きはあるか？」

王子が冷たく問いかけてきます。

「……責められるようなことではありませんわ」

一度わたくしは深呼吸をすると、静かにそう口にしました。

「どういう意味だ？」

「どういうも何も……わたくしは公爵令嬢、貴族の中の貴族。わたくしより尊き身分の方は殿下を始めとした王族の皆様しかおりませんわ。身分卑しき者をどう扱おうがわたくしの自由。咎《とが》められる謂れなどありませんわ。そうでしょう皆さん」

当然のことだと王子に告げます。

その言葉に対し王子はしばらく押し黙った後「はぁ……」とため息をついたかと思うと
「フェアリア……お前に貴族の資格はない」などという言葉を口にしてきました。

「貴族とは生まれながらに尊き者――故に、貴族には上に立つ者としての責任が課せられる。貴族だからこそ、人の模範とならなければならない。お前はそれが分かっていない。フェアリア、お前は貴族でいてはいけないのだ。故に――」

王子は一度言葉を切ると、大広間に集まった貴族達全員を見回した上で――

「スヴェン＝ド＝クルシュカーナ＝ロザリントの名において、フェアリア＝ソル＝ストゥルスに身分剥奪の上で国外追放を命じる」

朗々とその命を口にしました。

「追放？　わたくしを……？　ストゥルス公爵令嬢であり……貴方の婚約者でもあるこの……わたくしを？」

真っ直ぐ王子を見ます。

「お前との婚約はここまでだ」

返されたのは冷たい言葉でした。

大広間が静まり返ります。

貴族達全員が、わたくしに対して冷たい視線を向けてきていました。

ただ、その中で――

「殿下……それはいくらなんでもっ！」

一人――リスカーナ嬢が声を上げました。

王子に対して縋《すが》り付きます。どうやらわたくしへの罪が重すぎると訴えたいようです。

「おやめなさい」

わたくしはそんなリスカーナ嬢に一言口にしました。

「フェアリア様？」

ジッとこちらを見つめてきます。

わたくしはその目を見返すと――

「貴方のような下賎な者に同情されるなんて、虫酸が走りますわ」

吐き捨てるようにそう呟きました。

※

それから数日後、わたくしは馬車の中にいました。

馬車が向かっている先は国外です。この馬車でわたくしは国を追放されるのです。

窓の外を流れる景色を見つめます。これでこの国の風景を見るのは最後ですからね。

などということを考えていると、突然馬車が止まりました。

「どうかしました？」

わたくしは御者に声をかけます。しかし、返事はありません。

仕方がないので一旦馬車の戸を開け、外に出ます。するとそこには、五人ほどの覆面をつけた男達が立っていました。

わたくしはそれを見て思わず自嘲気味に笑ってしまいます。

「この状況で笑うか？」

男の一人が少し戸惑ったような素振りを見せました。

「ああ、失礼しました。ただその…… 〃今回も〃 こういう終わり方なのかと思いましてね。刺客、事故、処刑――案外死というものにはバリエーションがないものですのね……と」

クスクスわたくしは更に笑います。

「何を意味が分からないことを……」

「まぁそうでしょうね。で、刺客を放ったのは……と、聞くまでもありませんわね。王子は清廉潔白な方、このような手段は取らない。となると……公爵家の面汚しであるわたくしを許せないと思ったお父様あたりですわね……。まぁそんな想像をしたところで意味などありませんか……。えっと……長引いても面倒なので、さっさと終わらせてくださいね」

そう言うと、わたくしは男達に対して両手を広げてみせました。

「ここです……この、胸の真ん中あたり……ここをしっかり突いて、即死させてくださいね。外したりしたら怒りますよ。死には慣れることができても、痛みだけは何度味わっても慣れることができませんからね」

淡々と告げます。

それに対し男達は顔を見合わせると、気味が悪そうに私を見てきました。

「なんなんだお前？　ただのご令嬢じゃないのか？」

「え？　ああ、……ええ、そうですよ。わたくしはただの令嬢ではありません。わたくしは……悪役令嬢です。それも、プロのね」

パチッと男達にウィンクしてみせました。

「わけが分からん。はぁ……さっさと終わらせるか」

「だな」

男達はそう言うと、剣を構え、わたくしが求めた通り、真っ直ぐ、容赦なく、わたくしの胸を――心臓を刺し貫いてくれました。

それによってわたくしはあっさり――

死にました。

※

そして――

再び目覚めます。

ただ、場所は殺されたところではありません。わたくしが目覚めたのは、とても豪奢な部屋でした。

一人で使うには大きすぎる天蓋付きのベッドに、壁にかけられた素晴らしい絵画。室内には凝った意匠の家具が幾つも並べられています。

わたくしはそれらを見つめながらゆっくり身を起こすと、フラフラと鏡台の前に立ちました。鏡に映った自分の姿を見ます。

背中まで届く金色のウェーブがかった髪に、宝石のように碧い瞳、街を歩けば十人中十人が間違いなく振り返るだろうほどに整った顔立ち——映っているのは見慣れたわたくしの顔。

でも、このわたくしは前のわたくしとは違います。

頭の中にその名前は浮かび上がってきました。

今回のわたくしの名はフェアリア＝レグラント＝ブーゲンビリア＝ガルナック。

立場は……へぇ、公爵より上ですね。

ガルナック帝国皇女——今回はお姫様ですか……。

自分が置かれている状況がどんどん頭の中に入ってくるのを感じながら、わたくしはフェアリア＝ソル＝ストゥルス時代の最期に刺された胸元に手を当てます。当然傷はありません。痛みだってありません。それでも何故か撫でたくなってしまいます。その上で何度も深呼吸をすると、わたくしはパンッと自分の頬を両手で叩きました。

「さぁ、これで九九回目です。ついにこのときがやってきました。これまでしてきた九八回の悪役令嬢生活の総決算です。プロとして、しっかり悪役をやり遂げて……そして――」

死にましょう。

わたくしが犯してしまった罪を償う為に……。

「今生が最後です。この生が終わったら……リーナ……共に……」

わたくしは思い出します。

わたくしにとって最も大事なあの子のことを……。

あの子と出会った日から、別れるまでの日々のことを……。

一章　リーナとわたくしの出会いと再会

貴族の子弟達が一定の年齢に達すると通うことになるプリスキン王国王立ファルア貴族学園入学式当日――わたくし、フェアリア＝ラ＝カタリアーナは学園敷地内をゆったりとした足取りで歩いていました。

赤を基調とした制服に身を包み、金色の髪を翻しながらしずしずと歩く。そんなわたくしの姿に、学園に通う貴族子弟のほとんどが見惚れていました。

まぁ注目を集めてしまうのも当然でしょう。

何しろわたくしはプリスキン王国内でも有数の大貴族であるカタリアーナ公爵家の一人娘にして、王国第一王子であるステファン＝ファリウス＝プリスキンの婚約者なのですから……。

学園の皆がわたくしの一挙手一投足に注目するのも当たり前のことなのです。

新入生だけじゃない。先輩方や教師まで、わたくしの姿を目にすると、足を止めて見惚れていました。

そんな視線を受けつつも、わたくしは決してたじろぐことなく、堂々と、それでいて優雅に校舎に向かって進んでいきます。

ですが、校舎に辿り着く前にわたくしは足を止めました。

理由は彼を――婚約者であるステファン殿下を見かけたからです。

「殿下……おはようございます」

わたくしは制服スカートの端を摘まむと、優雅に殿下に一礼しました。

「入学おめでとう、フェアリア」

殿下が涼やかな言葉を向けてくれます。因みに殿下はわたくしより一歳年上、学園では先輩に当たります。

そうした殿下とわたくしのやり取りに、周囲の生徒達がざわつきました。

「流石は殿下と公爵令嬢――僅《わず》かなやり取りにも気品を感じます」

「なんて絵になるお二人なんでしょう」

向けられるのは羨望の眼差しです。

ただ、正直あまりいい気はしませんでした。それどころか少し醒めてしまいます。何しろ、わたくしと殿下はただ挨拶を交わしただけなのですから。この程度のやり取り、貴族ならば誰だって一般教養として教え込まされていることです。できて当然のことを過剰に褒めるなんて、下心しか感じません。これだから身分が低い者は嫌いなのです。

とはいえ、下心と分かっていても、それを受け入れるのが高貴なる者の役割です。わたくしは一度殿下から視線を外すと、周囲で足を止めている生徒達にも微笑みかけてみせました。

生徒達はそんなわたくしに見惚れます。

自分の容姿の美しさを理解し、それを利用する——これも最上級貴族として必要なことですわ。

などということを考えながら改めて殿下へと視線を向けると——

「殿下？」

殿下の表情が少しおかしく感じられました。

わたくしと同じような金色の髪に碧い瞳を持った、美しい顔立ちの殿下。まさに貴公子というに相応しい御方です。そんな殿下が浮かべている笑顔は、一見すると慈愛に満ち溢《あふ》れたものでした。けれど、少しだけ、わたくしはその笑みの中に影のようなものを感じたのです。目が冷たいというべきでしょうか？　つまらないものを見るような目でわたくしを……。

「ん？　何かな？」

殿下は首を傾げます。

瞳の中に感じた冷たいものも消えました。

多分、わたくしの気のせいですね。

「あ、いえ……別になんでもありませんわ」

「ならいい。それじゃあ、校舎に行こうか」

「はい」

殿下が歩き出します。わたくしもその後ろについて歩き始めました。

殿下と二人――これまで以上に生徒達の視線が刺さります。しかも、その視線はただわたくし達を羨望の目で見ているというだけではありませんでした。どこか期待のようなものを感じます。

自分に気付いて欲しい――そんな想いを……。

まったくくだらないですわ。

気付いて欲しいのなら、見るだけではなくしっかり自分をアピールすればいいのに。そうしなければ貴方達なんてわたくしにとってはただの有象無象でしかありませんわ。

そんなときです――

「リア……様……？」

という声が聞こえてきたのは……。

「――え？」

わたくしは思わず足を止めます。

リア――それはわたくしの愛称。わたくしの両親しか呼ばない名だったから……。

一体誰が？　なんてことを考えながらゆっくりと視線を向けます。

するとそこには、ロングストレートの黒髪が美しい少女が立っていました。

丸みを帯びた瞳に、少しだけふっくらとした頬――幼さの残る顔をした愛嬌がある女の子です。俗にいうタヌキ顔とでもいうべきでしょうか？

その子の顔を見た瞬間、わたくしは思わず瞳を見開き――

「リーナ……」

その名を口にしました。

※

「私はリーナ……リーナ＝シュルバーナといいます。えっとその……フェアリア様……よろしくです」

十年前――わたくしは公爵家の別荘にてリーナと初めて会いました。

お父様が別荘地にいる間わたくしが退屈しないようにと近隣貴族であるシュルバーナ男爵に命じて用意させた遊び相手、それがリーナだったのです。

初対面のとき、リーナは本当に緊張した様子でした。それも当然といえば当然でしょう。わたくしは公爵家の一人娘。それに対し、リーナの家は男爵に過ぎなかったのですから。

だから必死にリーナは礼儀正しくわたくしに接しようとしていました。まぁ、緊張のせいか言葉遣いは、それって敬語なのですか？　と言いたくなるほど無茶苦茶なものだったのですが……。

「ふん……貴女がわたくしの遊び相手ね。わたくしが退屈しないように、しっかり楽しませなさい」

そんな彼女に対するわたくしの態度は、実に尊大なものでしたわ。

けど、それは悪いことではありません。寧ろ当然のことですわ。何しろわたくしは公爵家の一人娘であり、王族の婚約者候補でもあったのですから……。高貴な者は高貴な者としての態度を求められる。幼い頃からきっちりそのあたりは躾《しつ》けられていましたの。

とはいえ、わたくしもまだまだ子供であり、同年代と遊ぶのも初めてのことでしたので、大貴族然としていられたのは本当に最初だけでしたわ。

気がつけば――

「遅いですわよリーナ！　もっと全力で走らないと、わたくしを捕まえることなどできませんわよ！」

「ま……待ってくださいよぉ……フェアリア様ぁぁあ～」

はしゃぎまくるようになってしまっていましたわ――っと、はしゃぎまくるなんて少しお行儀が悪い言い方ですわね。ですが、そんな風に砕けた言葉も使ってしまうくらい、わたくしはリーナと一緒にいるということに楽しさを感じるようになっていましたの。

そしてそれはリーナの方も同じだったはずですわ。

「えっと……その、私、こんなに楽しく誰かと遊ぶの初めてのことかも」

なんてことまで言ってくれましたし。

自分と一緒にいることに楽しさを感じてもらえている――そんなことわたくしにとって生まれて初めてのことでした。だからとても嬉しかったのです。もっともっとリーナと遊びたい。一緒に楽しいことをしたい。そんな欲求がどんどん膨れ上がっていきました。

だから――

「リーナ……起きなさい」

ある晩、わたくしは同室、同じベッドで寝ていたリーナを無理矢理起こしましたの。

「ふぁぁああ……え？　あ、もう……朝ですか？」

寝惚け眼を擦る姿は、正直ちょっとキュンとしてしまうくらい可愛らしかったですわ。

「まだ朝ではありませんわ」

「だったら……えっと、ん？　寝ないんです？」

「少し……冒険をしてみたくありませんの？」

首を傾げるリーナにわたくしは不敵な笑みを浮かべてみせました。

「冒険？」

「そう……わたくし、夜、家の外に出たことがありませんの。でも、夜ってとっても素敵だとは思いません？　だってほら、こんなにも美しい」

部屋のカーテンを開けて夜空を見ます。

広がるのは満天の星——本当に見惚れるくらい美しい光景でしたわ。

「もっとこの星空を見てみたい。もっと星が近いところで……。例えばほら、昼間遊んだ丘があるでしょう？　あそこからなら、とても素敵なはずですわ」

星空の下でリーナと一緒に星を見る——考えるだけでなんだかとても胸がドキドキしました。

「……それは、確かにそうかも」

「ですわよね」

「でも、駄目です」

けれど、リーナは首を横に振りました。

「駄目？　どうして？」

「だってその……夜は危ないです。このあたりは危険な獣とかも出ますから……」

「獣？　大丈夫ですわよ。あの丘はそれほど屋敷から離れていませんから。危なそうだったらすぐに帰ってくればいいのですわ」

「……それでも……」

リーナは渋ります。

そのことにわたくしはなんだかイライラしてしまいました。こんなにわたくしはリーナと一緒に美しい光景を見たいのに、リーナはそう思ってはくれないのか――と。

だからでしょうか？

「命令ですわ。一緒に来なさいリーナ」

気がつけばわたくしはそんなことを口にしてしまっていましたの。

そうなると、男爵令嬢であるリーナはわたくしには逆らえません。

「……分かりました」

観念したようにコクッと頷きました。

そうしてわたくし達は誰にも見つからないようにこっそりと屋敷を抜け出し、昼間遊んだ近くの丘に向かいましたの。

丘から見えるのは地平線まで見えるような広い平原。雄大な景色と満天の星――それはまるで天然が創り出した絵画と言っても過言ではないほどに美しい光景でしたわ。

「すっご……」

そんな光景にリーナが呆然《ぼうぜん》と呟きました。

「ふふ、来てよかったでしょう？」

丘の上で立ち尽くすリーナに得意げな顔で囁きかけます。それに対しリーナは無言でコクコクと何度も頭を縦に振りました。

「私……こんな綺麗な風景見るの初めてです。信じられない。夢でも見てるみたい」

「ホント、その通りですわね」

わたくし達は二人並んで丘に寝転がり、ただただ星空を見つめました。時間さえも忘れるほどに、空は本当に吸い込まれそうなくらい美しいものでしたわ。

でも、そんなとき、異変が起きましたの。

「――ッ!!」

リーナが何かに気付いたような様子で、素早く飛び起きました。

「え？　どうしましたの？」

思わずリーナを見ます。

星明かりに照らされた彼女の顔は、出会ってからこの日までの間に見てきたどんな表情よりも、硬く、緊張したものでした。

「逃げてください」

リーナが静かに口にします。

「逃げてってどういう？」

首を傾げながらわたくしも身を起こしました。

そして――

「嘘……」

その存在に気付きましたの。

「グルルルルル」

そこにいたのは一匹の狼でした。

瞳を鋭く細めてわたくし達を睨み、牙を剥《む》き出しにし、唸る。完全に獲物を狙う獣の目でしたわ。

狼が向けてくる強烈《きょうれつ》な殺意に、わたくしは完全に硬直してしまいます。

「あ……あ……」

　声も出ません。

「フェアリア様……」

　そんなわたくしを庇うようにリーナが立ちます。

「り、リーナ……」

　どうすればいいか分かりません。わたくしにはリーナに縋ることしかできません。

　そんなわたくしに対し、リーナはこんな状況だというのに笑顔を浮かべました。

「大丈夫ですフェアリア様。フェアリア様は私が守ります。絶対に」

　わたくしより背だって小さいのに、恐怖で身体だって震えているのに、リーナはそのような言葉をわたくしに……。

　けれど、安心することなんかできませんでした。

「守るって……どうするつもりですの!?　相手は狼ですのよ！」

　子供であるわたくし達よりもずっと大きい獣――あんなの相手に何かができるわけなんかない。

「大丈夫です。その……」

　そう口にしたリーナは一度言葉を切ると、少しだけ迷うように、怖がるように瞳を泳がせました。でも、すぐに一度大きく深呼吸をすると、表情を引き締め――

「私が囮になりますから」

などと口にしてきました。

「私があいつの気を引きます。その隙にフェアリア様は逃げてください！」

「な……そんなことっ‼」

それはつまり、リーナが……。

受け入れられるわけがありません。

「大丈夫です。私は大丈夫ですから。ほら、結構足早いんですよ」

にっこりと微笑んでみせてきます。

「大丈夫なわけありませんわ！　第一、貴女……わたくしより足が遅いでしょ！」

何度も追いかけっこをして遊んでいます。リーナのトロさはわたくしが一番知っています。

「あれはその……えっと……その……あの……あ、そうだ！　えっとですね、あれは、フェアリア様に花を持たせる為にわざとゆっくり走ったんです。だから本当は足、すっごく速いんですよ。だから大丈夫です」

「絶対嘘ですっ‼」

リーナの目は完全に泳いでいました。信じられるわけがありません。

「……やっぱり、バレちゃいました？」

「当たり前です！　だから囮なんて……」

「でも、他に方法はありません。だから――逃げてください」

わたくしを真っ直ぐ見据えてリーナはそう言うと――

「こっち！　こっちですっ‼」

声を上げて走り出しました。

途端に狼の視線が走るリーナへと向けられます。いえ、視線を向けるだけではすみません。すぐに狼は地面を蹴ると、リーナに向かってまるで弾丸のように突撃していきました。

結果――

「あぁあああああっ」

リーナの足が噛まれます。丘中に痛々しい悲鳴が響き渡りました。

当然リーナの身体は倒れます。その上に、狼がのし掛かりました。

「グルルルル」

唸り声を響かせながら狼が口を開きます。間違いなくリーナを食べるつもりです。

逃げないと。ここで逃げないと――リーナはわたくしを逃がす為に犠牲になってくれたのに……。

恐ろしすぎる光景でした。身体が硬くなってしまいます。しかし、わたくしは必死に立ち上がりました。逃げなければリーナの死が無駄になってしまうから……。

死？

死ぬ？

リーナが……？

考えた瞬間、脳裏に浮かんできたのは、ここ数日リーナと過ごした日々のことでした。数日、そう、わたくし達が一緒に過ごしたのはほんの数日のことでしかありません。でも、それはわたくしにとって本当にかけがえがないものでした。同い年の子と遊ぶ――生まれて初めてのこと。一緒に話をしたり、走ったり、そんな時間が本当に楽しかった。

リーナが死んでしまったら、あの楽しさを味わうことはもうできない。

嫌です。そんなの絶対嫌ですわ！

助けなければならない。リーナを死なせてはいけない――心の底からわたくしはそう思いました。

刹那《せつな》、その想いに応えるかのように、全身が燃え上がりそうなほどに熱く火照るのを感じました。身体の内側から強い力が溢れ出してきます。

これって……魔力？

貴族は平民にはない力、魔力を持っています。魔力を自在に操り、その力を使うことで人々に恩恵を与える。故に貴族は貴族たり得るのです。

わたくしはこのとき、生まれて初めて自分の魔力を感じました。

救う。この力でリーナを……。

溢れ出す力のままに、わたくしは狼に対して右手を突き出しました。

そして――

「ファイアッ!!」

魔法の言葉を口にしたのです。

瞬間――

ゴオオオオオオッ!!

掌から強大な炎が放たれ、リーナの首に噛みつこうとしていた狼を吹き飛ばしました。

強い虚脱感に全身が包み込まれます。力を使ったせいなのか、意識だって飛びそうになってしまいます。でも、私は必死に自分の意識を繋ぎ止め――

「リーナッ!!」

倒れたリーナに駆け寄りました。

「フェアリア……様……」

抱き起こしたリーナの顔は真っ青でした。

けれど、彼女がわたくしに向けてきたのは、笑顔でした。

「すごい……です……。この歳であんな魔法を使えるなんて……。やっぱり……公爵家のお嬢さまは……うっく……くうう……違いますね」

なんて言葉まで……。

「お黙りなさい！」

そんなリーナを怒鳴りつつ、噛まれた足へと視線を向けました。

足は真っ赤です。血がどんどん溢れ出てきています。すごく痛そうです。放っておくことなんかできません。

狼に対して放った一撃だけで、正直魔力はほとんど残っていません。それでも僅かに残ったすべての力を掻き集め――

「ヒールッ!!」

わたくしは傷に手を添えると、再び魔法を発動させました。

「あったかい……。フェアリア様……すごく……温かいです」

傷が塞がっていきます。リーナの言葉から苦痛の響きが消えていきます。

そのことにわたくしはホッとしながら――

「よかっ……た……」

ゆっくりと意識を手放しました。

「ふぇ……フェアリア様！　フェアリア様っ!!」

リーナの声が聞こえます。

さっきまでよりも元気そう。

よかった。リーナが生きていてくれて本当に……。

…………。

…………。

…………。

――数日後、わたくしとリーナは屋敷の門前で向かい合っていました。

ヒールで応急処置をしたとはいえ、まだ傷は残っています。その治療の為、リーナは領地に帰ることになったのです。

「フェアリア様……本当にありがとうございました。私が生きていられるのは、全部フェアリア様のお陰です」

「……違いますわ」

わたくしは首を横に振りました。

「すべてはリーナのお陰……。リーナがあのときわたくしを庇ってくれたからこそ、わたくしは貴女を救うことができた。礼を言うのはわたくしの方ですわ。ありがとう……リーナ」

心からの礼の言葉を告げると共に、わたくしはリーナの身体を抱き締めました。それにリーナは一瞬驚いたような表情を浮かべつつも、わたくしを抱き返してくれましたの。

「フェアリア様……」

「……リアと呼びなさい」

わたくしの名を口にするリーナにそう告げました。

「わたくしの愛称――それを口にすることを許可してあげますわ」

「リア……様……」

「ふふ」

リア――リーナが紡ぐその言葉がなんだかとても心地良くて、思わず笑ってしまいます。するとリーナもそれにつられるようにクスクスと笑ってくれました。そのまま二人で抱き合って、ただただ笑い続けましたわ。

そして――

「ずっとずっと……友達ですわよ」

わたくしはリーナに小指を立ててみせました。

「はい！　リア様っ‼」

小指と小指を絡めて、わたくし達は永遠の友達という約束を交わしましたの……。

※

あのリーナが今、ここにいます。

わたくしの前に……。

なんだか胸が熱くなってきます。別れたあの日のように、思わずリーナを抱き締めたくなってしまいます。

ですが、その瞬間――

「ちょっと、フェアリア様を愛称で呼ぶなんて……貴女、自分の身分が分かっているの？」

鋭い声がリーナに向けられました。

言葉を発したのは栗色の髪の少女――確かフィリップ侯爵の娘でしたわね。名前は……覚えていませんわ。

その侯爵令嬢がリーナに対して冷たい視線を向けます。いいえ、侯爵令嬢だけではありません。この場に集まっていた他の生徒達も、一斉にリーナに対して責めるような視線を向けましたの。

「確か貴女って男爵令嬢でしたわよね？」

「男爵？　男爵家のものが公爵令嬢であるフェアリア様に馴れ馴れしい口を？　はっ！　貴女、身分というものを理解していないの？」

皆が口々にリーナを責めます。

確かに皆が言う通りです。リーナとわたくしとではあまりに身分が違う。ですが、リーナとわたくしの関係は、そんな身分なんか関係ないほどに……。

わたくしはリーナを責める生徒達を咎めようと口を開きかけました。

しかし、それよりも早く。

「あ……その……申し訳ありませんでした……。フェアリア様に失礼な口を……。本当に申し訳ありません」

リーナが頭を下げてきました。

他人行儀な敬語で、わたくしをフェアリアと呼んで……。

リアと呼べとリーナに言ったのはわたくしです。わたくし自身が許可をしたのです。

なのに、その呼び方をリーナは捨てた。わたくし達は友達だったはずなのに、下級貴族が上級貴族に見せるような態度をリーナは取ってみせてきた。

なんだか頭がスウッと醒めていくのを感じました。

だからでしょうか？

気がつけばわたくしは――

「今回だけは許してあげますわ。でも、今後、無礼な態度を取ることは許しませんわよ。幼い頃とは違うのですからね」

そんな言葉を口にしてしまっていました。

刹那、リーナの表情が目に見えて暗いものになりました。瞳が揺らぎます。一瞬、泣き出すのではないか――とさえ思えるほどに、表情は悲しげなものに変わりました。

けれど、それは一瞬です。すぐにリーナは「はい。分かりました」と頷き、わたくしに頭を下げてきました。

そのことになんだか胸がズキッと痛みました。

「おいおい、厳しすぎるんじゃないか？」

そんなわたくしの耳に、殿下の声が届きました。

「今の言葉を聞いた限りだと、君達は知り合いだったのだろう？　だったら、懐かしさで態度が砕けてしまうことくらいあるじゃないか。そういうことなんだろう？」

殿下がリーナに微笑みかけます。

真っ直ぐ殿下に見つめられたリーナは戸惑うような表情を浮かべ「あ、えっと……その……あの……えっと……」と視線を泳がせました。どう対処すればいいのか分からないといった姿です。

まるでわたくしに初めて会ったときみたいです。

そんな姿を殿下にも……。

なんだかわたくしの胸がざわつきました。

なんだか……気に入りませんわ……。

二章　気に入らないですわ

国立ファルア貴族学園での生活が始まりました。

住み慣れた領地、屋敷を離れて学園寮で暮らす――多くの生徒達にとっては初めての体験です。もちろんわたくしにとっても……。

とはいえ、家から侍女を連れてくることは許されています。用意された部屋も家格に相応しい広いものであり、不便さなどを感じることはありません。ですので、生活においてストレスを感じることはほぼありませんでした。

ですが、学園での生活はわたくしにとって順風満帆とは言い難いものでした。

別に貴族教育が辛いとかそういうわけではありません。寧ろ勉学は家にいたときの方が大変だと感じたくらいです。何しろ屋敷で暮らしていた頃は、本当に毎日公爵家令嬢として、将来の王妃として、相応しい人間になれるような教育ばかり受けてきましたから。

問題だったのは日常生活でのこと――リーナとのことですわ。

入学初日、気に入らないことはありましたけど、それでも学園において同じ生活を送っていればきっとリーナの態度は昔のように砕けたものになるはずだと、わたくしは考えていました。共に遊んだあの頃のように友人として過ごしたい――そんな風に思っていました。

ですので、わたくしは学園内でリーナを見かけるたびに、少しだけ期待に胸を躍らせましたの。昔みたいに「リア様、おはようございます」なんてリーナから声をかけられることを期待して……。

でも、リーナがわたくしに向けてきた挨拶は――

「おはようございます。フェアリア様」

という、とても他人行儀なものでしたわ。

貴族としては間違った態度ではありません。儀礼に則った素晴らしいものだったと思います。でも、わたくし達は友達だったはず……。それなのに……。

リーナに他人行儀な態度を取られるたび、わたくしの胸はざわついてしまいました。

しかし、ここは貴族としてのあり方を学ぶ貴族学園。リーナがそういう態度を取らざるを得ないのも仕方がないといえば仕方がないことです。実際、わたくしだってリーナに対して砕けた態度を取ることはできないのですから。

最下級貴族であるリーナに、公爵家令嬢であるわたくしが気さくに接するなど、あってはならないことです。だからこれは仕方がないことなのだと、わたくしは自分に何度も言い聞かせました。

　だというのに――

「やぁリーナ。学園生活の調子はどうだい？」

　わたくしより更に身分が上である殿下が、まるで周囲の視線を気にすることなく、わたくしや、他の上級貴族達が共にいることも関係なく、学園内でリーナを見かけるたびに気さくに声をかけるようになっていました。

「え、あ……その……楽しく過ごさせていただいています」

　そんな殿下にリーナは戸惑いつつも応じます。まぁ相手は王族ですから、対応しないわけにはいかないでしょう。

「相変わらずリーナは他人行儀だなぁ。この学園にいる間は同じ学生同士なんだ、もっと砕けて接して欲しいんだけどねぇ」

　殿下はヘラヘラと楽しそうに笑います。

「砕けてって……ですが、同じ学生とはいっても身分があまりに違いすぎます。私は殿下に砕けた態度で接することなんかできません」

「まぁ、リーナが言うことも分かる。でもさ、私にとってこの学園生活は人生最後の自由時間と言っても過言ではないものなんだよ。だからさ、せめて学園にいる間は対等な態度で接してくれる友達が欲しいんだよ」

友達……。

「だからさ、リーナ……私のことは殿下なんかではなくて、ステフと呼んで欲しいな」

ステフ——殿下の愛称です。婚約者であるわたくしでさえも、未だに呼んだことがない呼び名です。それをリーナに呼ばせせようとするなんて……。

わたくしと共にこの場にいた上級貴族達が一瞬ざわつきました。しかし、殿下は皆の変化に気付きません。この方は昔から王子として常に敬われて育ってきた為か、人の感情の変化に対してとても鈍感なところがありました。自分の態度が他人にどう見られるのかということに気付かないというべきでしょうか……。

ただ、リーナはそれに気付いています。ざわつく上級貴族達へと視線を向け、更にはわたくしのことも見てきました。救いを求めるような、小動物のような顔です。反射的にわたくしは「殿下——」と声をかけようとしました。しかし、それよりも早く——

「強情だなぁ。だったら……ふふ、王子としてリーナに命じさせてもらおう、私のことをステフと呼ぶんだ」

殿下がリーナに笑顔でそう命じました。

「……対等な立場で接して欲しいのではなかったのですか？」

リーナの疑問も当然です。

「その通り、でも、命令くらいしないとリーナは私の願いを叶えてくれないだろ？　だから、これは強情なキミへの罰だね」

クスクスと殿下はどこまでも楽しそうに笑いつつ、

「さぁ、命令に従ってくれるね？」

言葉を重ねました。

そんな殿下の態度にリーナは抗《あらが》えないと悟ったのか、やがて「す……ステフ様」と絞り出すようにその名を口にしました。

瞬間、何故かわたくしは胸にズキッとした痛みを感じました。

※

殿下とリーナが共にいるところを、わたくしは毎日のように学園内で目撃することとなりました。

「やぁリーナ。今日も綺麗だね」

「や、やめてくださいステフ様……。そんな風に揶揄《からか》わないでください」

「いやいや、私は揶揄ってなんかいないよ。本気さ。キミは可愛いよ」

「ふふ、今日は一緒に昼食を食べないか？」

「ステフ様と一緒にですか？　そんなこといけません。私は貴方と昼食を共にできるような身分ではありませんから……」

「だから言ったろ、学園にいる間は学生同士だってね。そういうわけだから、さぁ一緒に昼食を取ろうか」

「……わ、分かりました」


「なんでステフ様はこんなに私のような者を気にされるんですか？」

「なんでって、そりゃ、リーナがなんか面白いからだよ」

「面白い？」

「そうそう、何がってわけじゃないけど、なんだか惹かれるんだよね」

「なんだかって……ですがその、ステフ様には婚約者であるフェアリア様だっていらっしゃるではありませんか」

「フェアリアか……うん、確かにね。でも、まぁだからこそってところもあるかな」

「どういう意味ですか？」

「ふふ、別に〜」

※

「もう、我慢なりません‼」

学園の中庭でわたくし主催の茶会を開いている最中、一人の令嬢が声を荒らげました。

シミヨン侯爵令嬢アルナルアです。

「何がですの？」

「もちろん、殿下とあの女のことですわ！」

あの女——すぐにリーナのことだと分かりました。

「殿下にはフェアリア様という婚約者がおります。だというのに、毎日毎日あの女と……。殿下が女性好きな方だというのはその……皆さんご存じのことではあります。ですが、いくらなんでもフェアリア様がいるこの学園でなどやり過ぎです」

殿下は女性好き——それはわたくしも知っていることです。しかし、それは王族にとっては大事なことではあります。王族最大の仕事は尊き血を繋いでいくことですから……。

実際これまでもわたくしの目の前で他の女性にちょっかいをかけるということは多々ありました。殿下のあの態度にはもう慣れていると言っても過言ではありません。

ですが、今回は……。

何故かとても胸がざわつきました。

殿下とリーナが一緒にいるのを見ると、気持ち悪さのようなものまで感じてしまう自分がいました。

「これ以上は看過できません！　ですからフェアリア様、許可を出してください」

アルナルアがわたくしを真っ直ぐ見つめてきます。

「許可……ですか？」

「はい、殿下とあの女を引き離す許可です」

「引き離す？　どうやって？　殿下は言っても聞くような方ではありませんよ」

それに、相手は王子です。身分を考えればアルナルアでは諫言などできません。いえ、アルナルアだけじゃない。わたくしだって無理です。

身分的には問題ありません。ですが、昔から殿下はわたくしが「王族はこうあるべきです」という言葉を口にするたび、煙たがるような態度を取っていました。今回もわたくしが口を出せばそうなることが目に見えています。

「殿下にではありません。あの女にですよ。人の婚約者に手を出すことがどれほど罪深いことなのかということを、その身をもって知ってもらいます」

そう言ってアルナルアはニヤリと笑いました。整った綺麗な顔立ちが、なんだか悪魔的に歪みます。嫌な予感がする笑みでした。

殿下にではなくリーナに……。

確かに身分を考えればそれが一番手っ取り早い方法ではあるかも知れません。

「しかし、リーナは殿下に一方的に絡まれているだけです。リーナに何を言っても……」

状況が変わるとは思えません。

「いいえ、思い出してください。あの女が殿下と接しているときの表情を……。確かに困って、戸惑っているように見えたりもします。ですが、最近は……」

「最近……」

ここ数日の殿下とリーナの姿を思い出します。

そのときリーナが浮かべていた表情は——

『あはは、それは……確かに面白いですね』

笑顔でした。

考えた瞬間、胸がざわつき、痛みました。それに苛立《いらだ》ちだって感じました。

見たくない。殿下とリーナが笑顔で会話する姿なんて絶対に……。

「教えてやらなければならないんです。あの女に犯した罪の重さを……」

もう一度アルナルアはわたくしを見つめてきました。

いいえ、アルナルアだけではありません。この場に集まった令嬢皆が、同じような顔で私を見ていました。皆、気持ちは同じのようです。

それにわたくしも……。

実際、なんでわたくしが、公爵家令嬢であり、殿下の婚約者であるわたくしが、一介の男爵令嬢の為にモヤモヤなどしなければならないのでしょうか？　そんなのおかしな話です。わたくしはこの国で最も尊き者の一人なのですよ。

ですから——

「分かりました。皆さんにお任せ致します。身分というものを、立場というものを、しっかりリーナに教えてあげなさい」

はっきりとわたくしはそう口に致しました。

※

以来、アルナルアを始めとした皆が、積極的にリーナに対して〝忠告〟を始めました。

「婚約者がいる殿方と話をする女性……果たしてどう思われますかね？」

まずは軽い嫌味です。

もちろん、それだけで終わりではありません。

「あっと、手が滑りましたわ」

学園食堂にて昼食を取るリーナにわざとらしく水をかけたり、

「男爵家は令嬢を王族に売るおつもりだってお話聞きました？」

「ああ、その話ですか。よく知っていますよ。まぁ男爵家なんて貧しくて、平民とほぼ変わらないと言っても過言ではありませんからね」

「だからといって娘を売るなんて……最低な家ですわね」

「まったくです」

男爵家についての悪い噂を流したりなど、令嬢達は様々な手でリーナに対して〝忠告〟を行いました。

時にはそうした遠回しな方法ではなく――

「殿下には近づかないと約束してください」

「殿下はフェアリア様の婚約者です。それは貴女だってよく知っているでしょう？　だというのに殿下に近づく……。その意味、分からないほど愚か者なのですか？」

中庭でリーナを囲み、直接的な言葉を向ける者達もいました。

「はい……。それは、申し訳なく思っています」

そんな彼女達にリーナは頭を下げたそうです。

ですが、それでも――

「やぁリーナ、おはよう」

「で……殿下！」

「殿下？　なんで呼び名が戻ってるんだ？　ステフと呼べと言っただろ？」

「あ……う、その……ステフ様……おはようございます」

「うんうん、それでいいんだよ」

学園内でリーナと殿下が共にいるのを見ない日はありませんでした。

結果、令嬢達によるリーナへの嫌がらせは日に日に強いものへと変わっていきました。

言葉や水をかける程度では終わりません。時にはドレスを破ったり、リーナの教科書をボロボロにしたりなどということまで……。

それが辛かったのでしょう。どんどんリーナの表情は暗くなり、顔もやつれていきました。見ているこちらまで辛くなりそうなほどに……。

でも、止めることはできません。だって、殿下は未だにリーナに付きまとっているのですから……。

そうしたある日のことです。

わたくしは珍しく学園内を一人で歩いていました。

普段だったら誰かしらがわたくしについてくるのですが、一人になりたいからと断ったのです。

そんなときにわたくしはほとんど人が来ることがない校舎裏にて、リーナを見かけました。ただ、彼女は一人ではありませんでした。このときも――

「リーナ……どうかしたのか？」

殿下が一緒にいました。

暗く、俯いたリーナに殿下は優しい顔で囁きかけます。

「……申し訳ありません。もう、私には近づかないでください」

そんな殿下にリーナは震える声でそう告げました。

「それは……どういう意味だい？」

「どうって……だって、前にも言った通り、殿下にはフェアリア様という立派な婚約者がいるではありませんか。それなのに私ばかりに……。殿下はもう少しフェアリア様のことも想ってあげるべきです。フェアリア様がどれだけ辛い想いをされているか……」

俯いていた顔を上げ、殿下を真っ直ぐ見つめながらリーナはそう口にしました。

「またそのことか……。それならば問題はないんだよ」

「どうしてですか⁉」

「どうしてって……フェアリアが完璧な婚約者だからだよ。彼女は自分の立場を、私の立場を知っている。弁えている」

そうです。わたくしは知っています。

王族の仕事は子を作ること。故に、殿下が愛妾《あいしょう》を持つことは当然のことなのです。それは分かっています。理解しています。殿下が誰に手を出そうが、関係なんかありません。どれだけ他に女がいたところで、公爵令嬢であるわたくしが正妻になることは確定していることなのですから……。

でも、それなのに、どうしてわたくしはアルナルアの提案を受け入れたのでしょう？　分からない。自分の思考がまるで分かりません。

なんだか酷く頭が痛みました。早くこの場から立ち去りたい。リーナと殿下が共にいる姿を見たくない――――そう思いました。

でも、何故か動くことはできませんでした。

見てしまいます。リーナと殿下のやり取りを……。

「意味が分かりません」

殿下の言葉にリーナが声を荒らげます。

「まぁ……男爵家の者には理解しづらいだろうな」

殿下は苦笑しました。詳しく説明するつもりはないようです。多分面倒なのでしょう。

「……そうです。私は身分卑しき者です。だから、王族の方とこうして言葉を交わすことなどあってはいけないことなのです。それなのに、どうして殿下はこんなにも……私を気になさるのですか？　面白いから……なんて理由だけじゃ納得できません！」

リーナは殿下を見据えます。その目は、殿下を睨み付けているようにも見えました。

「そうか……」

その目を受け止めた殿下は少しだけ考えるような素振りを見せたかと思うと――

「じゃあ、理由を教えよう。こういうことだからだよ」

と、口にした上で、躊躇《ちゅうちょ》することなくリーナへと顔を寄せていきました。

二人の身体が重なり合います。

わたくしはそれをを見て、立ち尽くしてしまいました。

キスをしてる？　リーナがキスを……。殿下と？

視界がぐにゃっと歪むのを感じました。酷い気持ち悪さがこみ上げてきました。思わず叫びたくなるほどの焦燥感まで覚えてしまいました。

そんなわたくしの視線には気付くことなく、ゆっくりと殿下は重ねていた身体を離し、どこか挑発的な視線をリーナへと向け――

「私の気持ち……分かってくれたかな？」

笑いました。

瞬間、リーナは手を振り上げると、容赦なく殿下の頬を叩き、そのまま国立ファルア貴族学園まで何も口にすることなく、この場から逃げるように立ち去っていきました。

殿下は頬を押さえながらその後ろ姿を見送りつつ「私の思い通りにならない。そういうところだよ……」どこか嬉しそうにそう呟きました。

はっきりわたくしはそれを耳にします。でも、ほとんど頭の中に入ってきません。

わたくしはただ、立ち尽くしていました。

そして、思ったのです。

許せません——と……。

※

(ステフ様を叩いてしまった……)

リーナは呆然と自分の掌を見つめる。

赤く染まっていた。ジンジンと熱くなっている。

王族を叩くなど不敬罪に問われてもおかしくはない行為だ。けれど、叩かずにはいられなかった。
本当に唇を奪われるかと思ったから……。
一応本当に唇が重なり合う寸前で止まってはくれた。
『このまま唇を奪ってしまいたいくらい、リーナのことが好きなんだよ』
息が届くほどの距離でそんな言葉を……。
唇を奪われたわけじゃない。気持ちを伝えてもらっただけだ。
それなのに叩いてしまった。
(何故?)
リーナ自身、自分のことがよく分からなかった……。

三章　わたくしの犯した罪

あれから数日、わたくしは常にイライラしていました。

常に思い出してしまっていたからです。殿下とリーナのキスを……。

想起するたびに胸が痛み、頭がズキズキとしました。考えるだけで気持ち悪さがわき上がってきて、思わず吐きそうにさえなってしまう自分がいました。どうしてここまで苛立ってしまうのか？　そんなこと考えるまでもありませんわ。

殿下はわたくしの婚約者。これからの人生において、常に共に過ごすパートナー――それはこの学園に通う貴族なら誰もが知っていることですわ。当然リーナだって……。なのにリーナは殿下に手を出した。それは大貴族であるわたくしの体面に泥を塗る行為。絶対に許してはならないことなのですわ。だからわたくしはこんなにも心をかき乱されている。

でも、だけど……。

殿下は王族。王族の仕事は血を繋ぐこと……。その為には一人ではなく何人もの女性の相手をする必要がある。わたくし以外の女にも手を出すというのは殿下にとってはある意味当然のこと。王妃教育を受けてきたわたくしならばそれくらいは理解していると殿下だって分かっているからこその行動だともいえますわ。

実際、これまでだって殿下は色々な女性に手を出していますわ。王宮で働く侍女のほとんどが殿下のお手つきということだってわたくしは知っています。でも、当然のことなのだと受け入れてきました。

それなのに今回は……。

許せない。絶対に――時間が過ぎれば過ぎるほど、どんどん怒りが大きくなっていくのを感じましたの。

でも、そんな怒りに殿下もリーナも気がつかない。

それどころか殿下は更にリーナに対して距離を詰めるように、これまで以上に二人が学園で一緒にいることが多くなっていきましたの。リーナは嫌がっている様子でしたが、殿下はまるで気にしません。寧ろ嫌がられることを喜んでいるようにも見えましたわ。

殿下は王族。故に大多数の女は積極的に殿下に近づこうとしてきました。けれど、リーナは違った。そんなところを殿下は面白いと感じて、彼女に心を惹かれたのかも知れません。

このままでは二人は本当に結ばれてしまうのでは？　なんてことを考えざるを得ませんでした。

それはわたくしにとって耐え難いことでした。

ですから決めましたの。絶対に殿下とリーナが結ばれないようにしてみせる――と。

※

学園敷地内の外れにある花用の温室に、わたくしの呼び出しに応じたリーナがやってきました。緊張しているのか、表情はとても固いです。幼い頃、共に遊んでいたときのような無邪気な笑顔は影も形もありません。

「よく来てくれましたわね」

そんなリーナに対して、わたくしは満面の笑みを浮かべてみせましたわ。

「失礼……します」

「……リア……いえ、フェアリア様一人だけですか？」

わたくしは笑顔だというのに、リーナは更に緊張を深めた様子で身体を硬くしつつ、キョロキョロと周囲を見回しました。どうやら侍女の一人もいないことに戸惑いを感じている様子です。

「ええ、わたくし一人ですわ。一対一で、貴女とお話がしたかったの」

「私と話？　一体何を？」

自分が何故呼び出されたのかがまだピンときていない様子です。

わたくしはゆっくりとそんなリーナの至近にまで近づくと、手を伸ばし、彼女の唇にソッと指を添えました。プニッとした柔らかな感触が指先に伝わってきます。瑞々しい唇――その感触を堪能するように、わたくしはゆっくりと指でなぞりました。

「フェアリア……様？」

理解できない行動だったのか、リーナの戸惑いは更に大きくなっていきます。

「この唇でした殿下とのキス――気持ちよかったですか？」

わたくしはリーナの耳元に唇を寄せると、ボソリッと囁くように問いかけました。

「――え？」

瞬間、リーナは表情を硬直させ、瞳を見開きました。

「その反応……わたくしがあのキスを知っているとは思ってもみなかったようですね。ふふ、黙っていれば隠し通せる……そう思っていたのですか？」

わたくしは笑顔を、表情を消します。どこまでも冷たい瞳でリーナを見つめます。

「それは……そんなことは……それにあれはその――」

リーナの顔色がどんどん悪くなっていきました。言い訳するように、首をブンブンと横に振ります。そうしたリーナの姿を真っ直ぐ見つめつつ、わたくしはリーナの腰に手を回すと、ギュッと彼女の身体を抱き締めました。

「え？　あ……一体何を？」

リーナは当然戸惑います。

「何？　ふふ、簡単なことですわ。貴女は何をされても殿下に近づいてはいけないということを理解できないみたいですから……資格を剥奪しようと思いましたの」

「資格って……何の？」

「簡単なことですわ。王族と結ばれる資格です。それはつまり――」

そこでわたくしは一度言葉を切ると、抱き寄せたリーナの下腹部に制服の上からですがソッと触れました。

「んっ」

ピクッとリーナは肢体を震わせます。

「純潔ですわ」

触れるだけではありません。わたくしはグッと指でリーナの下腹を押し込みました。

「王族は血を残すことが最大の使命。故に、女が孕《はら》んだ子が確実に自分の子だという証明が必要。ですから、王族は相手となる女には必ず純潔を求めますの」

ツツッと下腹を撫でるように指を動かします。

「ですから貴女の純潔を奪いますわ。わたくしのこの手で……」

わたくしは殿下の婚約者。この国の未来の王妃。その為の教育は受けています。もちろん夜に関することだって……。

まぁ実践はしたことがないので知識だけですが……。

「そんな……こと……。だ、駄目ですっ」

慌てた様子でリーナは藻掻き始めました。わたくしの手から逃げ出そうとします。

殿下のキスは受け入れていたのに……。

いえ、あのときは驚きで固まっていたから、逃げるとか、暴れるとかいう行動に移れなかっただけとも思えますが。

だけど、それでも、抵抗されることになんだかわたくしは不快感を感じてしまいました。

だから――

「逃がしませんわ」

その言葉と共に、わたくしは数日前殿下がそうしたように、抱き締めるリーナの唇に自分の唇を重ねましたの。

「んっ」

「んんんんっ⁉」

伝わってきます。口唇《こうしん》の柔らかく、生温かな感触がわたくしの唇に……。唇を重ねているだけだというのに、なんだかとても気持ちがいいですわ。

わたくしにとって初めてのキス。

キスって、こんなに気持ちがいいものでしたのね。

伝わってくる感触を堪能するように、わたくしは唇を重ね続けます。それに対しリーナは、あの日殿下に口付けされたときのように、驚いた様子で瞳を見開いていましたわ。

リーナのそうした反応を唇を重ねたまま観察しつつ、わたくしは舌を伸ばしました。舌先で口唇をこじ開け、リーナの口腔《こうこう》に挿し込んでいきます。

「んっふ!?　んんんっ」

リーナは更に瞳を見開きました。その上で、再び藻掻き始めます。ですが逃がすつもりはありません。

「ふっちゅ……んちゅっ……ちゅっる、むちゅっ……ちゅっちゅっ……ふちゅう」

舌を蠢かし、口腔をかき混ぜ始めます。

夜の勉強はしてきましたが、実践は初めて。我ながら舌の動きはとてもつたなく、ぎこちないものでした。それでもこれは必要な行為です。

舌先でリーナの歯を一本一本なぞり、口腔粘膜を擦り上げます。舌に舌を絡めながら、頬を窄《すぼ》めて強く唇を吸います。繋がり合った唇と唇の間から動きに合わせてグチュグチュ

けました。

　というなんだか淫靡《いんび》な音色が響いてしまうことも厭《いと》わず、わたくしはひたすら口付けを続けました。

　そのお陰でしょうか？

「はっふ……んっ……ふっちゅ……んっんっ……んふぅう……」

　リーナの身体から力が抜けていきました。

　まぁ気持ちは分かります。これ、口の中を舌でかき混ぜているだけなのに、先程唇と唇を重ねたとき以上になんだか気持ちがいいですから……。こんなの、身体が弛緩してしまうのも当然といえば当然のことです。実際わたくしも気を抜けば虚脱してしまいそうなほどの愉悦を覚えてしまっていましたわ。

　ですが、わたくしは力を抜くことなく、リーナの身体を抱き締め続けます。いえ、それだけではありませんわ。より舌を蠢かし、更に激しく口内をかき混ぜましたの。更にリーナから抵抗力を奪う為に……。

「ちゅっく……んちゅっ！　ちゅっちゅっちゅっ……ふちゅるるるぅ……」

　唇と唇の間から唾液が零れ落ちてしまうことも厭いません。まるで本物の恋人同士になったかのような濃厚な口付けを、ひたすらわたくしは繰り返しました。

　そのお陰か、リーナの表情が蕩《とろ》けていきます。潤み始めた瞳がトロンと熱に浮かされたかのようなものに変わります。

これで準備はできました。

さぁ、ここからが本番です。

「んっんんっ……んんんっ」

わたくしは口付けを続けつつ、魔力を発動させました。それをリーナの身体に流し込んでいきます。

「んっ……んんんんっ⁉」

再びリーナは驚いたような表情を浮かべました。

ですが、今のリーナにはほとんど抵抗力など残っていません。わたくしの魔力に抗うことなど不可能です。

リーナが驚いていようが構うことなく、わたくしはひたすら重ね合わせた唇を通じて魔力を流し込み続けました。

その結果、リーナの身体から更に力が抜けていきます。最早立っていることもできなくなったのか、わたくしに全体重を預けてきました。

「んっちゅ……はふぅう……んふふ、気分は如何です？」

そこで一度唇を離します。ツウッと口唇と口唇の間に唾液の糸が伸びる様が、なんだかとても生々しいものに見えました。なんだか胸がドキドキしてしまいます。ですが、そうした感情は押し隠し「力が入らないでしょう？」と囁きかけつつ、リーナの身体を温室の床に寝かせましたの。

「これ……はぁはぁ……くうう……フェアリア様……一体私に……何を？」

されるがままに寝転がったリーナが、戸惑いながら問いかけてきます。

「口付けを通じて魔力を流し込みましたの。深いキスでわたくしの体液――つまり、唾液を流し込むことで貴女の魔法抵抗力を奪い、その上で力を注いだ。これでしばらくの間、貴女はまともに動くことはできませんわ」

語りながらジッとリーナを観察します。

わたくしのくせ毛とは違う、ロングストレートの黒髪に、幼い頃の面影が残るたぬき顔。美しいというよりも可愛いという方が相応しい、愛嬌のある顔立ちです。ですが、今はなんだかとても艶《あで》やかに見えました。

白い肌がピンク色に染まっています。頬が上気しています。瞳が潤んでいます。とても女を感じさせる表情です。

見ているだけでわたくしの身体も熱くなっていくような気がしました。

「抵抗できなければ純潔を守ることだってできない。そうでしょう？」

胸が高鳴っていきます。でも、わたくしはそうした感情を必死に押し隠し、いつもと変わらない余裕の表情を必死に浮かべつつ、この場にしゃがみ込むと、リーナの制服スカートに手をかけ、それをめくりましたの。

「あ、だ、駄目ですっ！」

リーナが悲鳴にも近い声を上げます。

けれどわたくしは気にすることなく、めくったスカートの中へと視線を向けました。

露わになったのは白いショーツです。レース製の綺麗な下着。あしらわれたリボンの意匠がなんだか可愛らしいですわ。

そのクロッチ部分は、先程のキスの影響でしょうか？　少しですが湿っているようにも見えました。下着がピッタリとリーナの秘部に貼り付き、僅かですが中の肌が透けて見えています。黒い陰毛も……。

「これ、濡れていますわね？　リーナ……貴女、もしかして先程のキスで興奮してしまいましたの？」

「え？　あ、そんなこと……変なことは言わないでください。私は……ぬ、濡れてなんかいませんっ！　違いますっ！」

余程恥ずかしかったのか、リーナはこれまで以上に顔を真っ赤に染めると、必死な様子でブンブンと首を横に振りました。

「何が違いますの？」

否定したって事実は変えられませんのに……。

わたくしはゆっくりと剥き出しになったリーナのショーツに手を伸ばしました。指先でクロッチ部分に触れます。途端にグチュッという湿り気を帯びた感触が指先に伝わってきました。

「あんんっ」

リーナは甘味を含んだ悲鳴を漏らすと共に、ビクンッと肢体を震わせました。そんな様子を観察しつつ、わたくしはゆっくりと指を動かします。股間部を撫でるように蠢かせると、それに合わせてグチュッグチュッという音色が響きました。

「ほら、濡れてます」

「そ、それは……そんなことは！　んひん！　あっ……はっふ、んふううっ」

リーナは否定を重ねます。ですが、わたくしが指を動かすと、それに合わせるように何度も肢体をヒクヒクと震わせました。性感を覚えていることは間違いないようです。それを証明するように、指先を濡らす愛液量も更に増え、ショーツにはより大きな染みができていきました。

「これでもまだ……濡れてないなんて口にしますの？」

股間部から一度指を離します。先程口付けしたときに唇同士の間にできた唾液の糸にもよく似た、愛液の糸が股間と指の間にツツッと伸びました。わたくしの指先はグチョグチョに濡れています。

それをリーナの眼前に突き付けました。

見せつけるように濡れた指同士を擦り合わせます。

「とてもイヤらしいお汁で……わたくしの指、こんなに濡れてしまっていますわ。こんなに出すくらい興奮して、感じてますのね？」

「あ……あう……それは……その……」

流石に否定できないと思ったのか、リーナは視線を左右に泳がせました。

そうした姿になんだか胸がキュンキュンとしてしまうのを感じつつ、わたくしは改めて秘部へと手を伸ばしていきます。

「ふふ、もっと感じさせてあげますわね。わたくしは貴女の純潔を奪う。ですが、せめてもの慈悲ですわ。痛みを感じないよう、たっぷりここをほぐしてあげますわね」

瞳を細めて笑いかけます。

正直わたくしはわたくし自身に驚いていました。

知識はあったけれど、こんなことをするのは初めてのことです。それなのに、こんなにどこか慣れたような、余裕があるような態度を取れるなんて……。

それほどまでに強く、わたくしはリーナに対して怒りを感じているということなのかも知れませんね。

などということを思考しつつ、必死に学んできたことを思い出しながら、わたくしはリーナのショーツに改めて手をかけると、今度はそれを横にずらしました。それによってリーナの肉花弁が露わになります。

「なかなか綺麗ですわね」

視界にリーナの秘部が映り込みました。

ショーツ越しに幾度も刺激を加えたお陰でしょうか？　秘裂はぱっくりと左右に開き、幾重にも重なるヒダヒダが覗き見えています。媚肉の色は綺麗なピンク色。その表面はしっとりと濡れていました。温室の外から差し込む月明かりに反射してテラテラと輝く様がとてもイヤらしく見えます。呼吸に合わせて襞の一枚一枚がゆっくりと蠢く有様は、見ているだけでなんだかこちらの身体まで熱くなってしまうほどに淫猥《いんわい》な光景でした。

「み、見ないでください。恥ずかしいですから」

「そうは言うけど……本当は見て欲しいのではなくて？　本当はもっと弄《いじ》って欲しいので

はなくて？　貴女のここは……そう求めているように見えますわよ」

わたくしは秘部から視線を外しません。それどころか再び手を伸ばし、グチュリッと今度は直接リーナの淫部に触れました。

「あっ！　あんんんっ」

途端に先程ショーツ越しに触れたとき以上に、リーナは激しく肢体をビクつかせます。同時にヒダヒダがグチュウッとまるでわたくしを歓迎するかのように、指先に絡み付いてきました。愛液をより多量に溢れ出し、指を更に濡らしてきます。

「ふふ、ほら、触れられて悦んでいる」

「ち……違います……。そんなことはっ」

「嘘をついても無駄ですわ。ほら、こうされたいのでしょう？　こういうのが気持ちいいのでしょう？　ほら……ほら……」

ドキドキが高まっていきます。もっともっとリーナの身体に触れたい。リーナに刺激を加えたい――そんな想いが膨れ上がっていきます。

そうした想いにわたくしは決して逆らうことなく、指を動かし始めました。

濡れた襞の一枚一枚をなぞるように指先で刺激していきます。ただ一定の動きでなぞるだけではなく、時には指先で強く押したり、時には陰核《いんかく》にも触れ、転がすように愛撫したりもしてみせました。

殿方は感じる女性が好き。だからどこをどう弄られれば女性が感じるのか——ということを将来の王妃として勉強してきた甲斐があったというべきでしょうか？

愛撫に合わせてどんどん淫猥な水音が大きくなっていきます。指先がふやけそうなほどに愛液が絡み付いてきます。クリトリスは勃起《ぼっき》を始め、指で摘まめるほどの大きさになりました。指と指でキュッと挟み込むと、それだけでリーナは「あっあっあんん！」と声を上げて全身をビクつかせます。

「気持ちよさそうですわね」

「そんな……んんん！　あっふ、んひんん！　そ、んな……ことはぁああ」

リーナはどこか必死な様子で首を左右に振りました。刻まれる快感に必死に抗おうとしているように見えます。

でも、我慢なんかさせませんよ。

「これでもですか？　これでも我慢できますの？」

わたくしは改めてクリトリスを指で摘まむと、それをシコシコと扱くように刺激しました。同時に空いた手で、制服の上からですがリーナの乳房を揉んだりもしてみせます。

「やっ！　あっ！　う、嘘っ！　んんん！　だ、駄目！　フェアリア様……んんん！　こんな……駄目です！　やっ！　あっあっ……あんんん！　やめて……これは……や、めて……下さい！」

「やめて？　どうしてですの？　気持ちいいのでしょう？　なのにどうしてやめてなどと言うのです？」

「それは……だって……あんん！　こんな、おかしく……あっあっあっ……私、変になっちゃいます！　フェアリア様に……んんん！　は、恥ずかしい姿を……見せることに、なって……んふうう！　し、しまいますから！　だから……だからお願いです！　もう、これ以上はやめてください！　貴女に……乱れた姿を見せたく……ないんですっ！」

必死な様子で訴えてきます。リーナは半泣きになっていました。

なんだか可哀想にも見えてしまう姿です。

しかし、何故でしょう？　こうしてリーナが悶える姿に、わたくしはなんだかゾクゾクとしたものを感じてしまいました。

「わたくしは……見たいですわ」

リーナの耳元に顔を寄せ、囁きかけます。それと共に片手で秘部を弄り、改めてリーナの唇に自身の唇を重ねました。

「んっんっ……んんんっ」

「んふふ……はっちゅ……んちゅっ……ちゅっちゅっちゅっ」

口付けは一度だけじゃありません。

口唇を啄《ついば》むようにチュッチュッチュッと何度も繰り返します。その上で強く唇を押しつけると、改めて舌を挿し込みました。花弁を指先で弄り回しつつ、舌で口腔をかき混ぜます。唇と秘部、その両方でグチュグチュという淫猥な音色を奏でました。

「はふんん！　んっんっ……あっは、んはぁあああ……」

そうしたキスにリーナは最初抵抗するような素振りを見せました。

しかし、愛撫が余程気持ちよかったのでしょう。すぐに力を抜くと、わたくしの指や舌の動きに合わせて肢体をヒクつかせながら、甘く熱い吐息を漏らし始めました。

それと共にクパッと膣口《ちつこう》まで開きます。ただ花弁を弄られるだけでは物足りない。膣中までかき混ぜて欲しい。感じさせて欲しい――全身がそう訴えているかのような反応でした。

「ふふ、準備はできたみたいですね」

「え？　な……何が……？」

「純潔を奪われる準備ですよ」

わたくしはにっこりと笑いました。

その上で、リーナの返事を聞くこともなく――

じゅっぷ！　じゅずぶぅうっ……。

「あっひ！　あっあっ……あんんんっ！」

リーナの膣口に指を挿し込みました。奥までジュブジュブと挿入していきます。すると、指先にリーナの純潔の証が当たりました。

「リーナ……今からこれを奪います」

静かに告げます。

それに対しリーナは一瞬切なそうな表情を浮かべたかと思うと――

「……分かり……ました……」

コクッと頷きました。

今更わたくしを止めることはできないと悟ったのでしょう。

「でも、その……一つだけお願いしていいですか？」

けれど、頷くだけで止まることなく、そのような言葉をわたくしへと向けてきました。

「なんですの？」

「その……あの……奪う瞬間……キス、してください……。お願いします」

瞳を潤ませながら、真っ直ぐ私を見つめてきます。

キス？　キスして欲しい？　何故？

どうしてそんなことをわたくしに頼むの？

意味が分かりません。だってわたくしはリーナに酷いことをしているのですよ。キスというのは好きな相手とするものです。自分に乱暴するような人間とは絶対したいものではないはずです。わたくしだって女だからそれは分かります。

なのにどうして……。

って、ああ、そうか。分かりました。理解しました。

キスとは気持ちがいいものですからね。それは多分、どんな相手としても……。

だって、実際わたくしは恨んでいるはずのリーナとのキスでも心地良さを感じていましたから……。

リーナもその快感を求めているのでしょう。

純潔を奪われる瞬間は痛いと聞きますからね。痛みを少しでも和らげたいと思った結果なのでしょう。

それならば――

「いいですよ」

わたくしだって鬼ではありません。少しくらいの慈悲は与えてあげますね。

「んっちゅ……ふちゅっ」

もう一度口付けしました。

改めて舌を挿し込みます。

「んんっ！　ふっちゅ……んちゅう」

キスに合わせてリーナも肢体をヒクつかせました。

それと共にわたくしは更に奥へと指を挿し込んでいきます。指先に当たっていたものを、リーナの処女膜を、容赦なく突き破りました。

「んっんっ！　んんんんんっ！」

リーナは肢体をビクビクと震わせます。同時に指を突き挿入《い》れた膣口からは破瓜《はか》の血が溢れ出し、垂れ流れ落ちていきました。

さぁ、これでもう、貴女と殿下が結ばれることはありませんわ。

「ちゅっろ、ふちゅろっ……んっちゅ……ちゅっちゅっ……ふちゅう」

現実を行動で教え込むように、更に口腔を激しく啜《すす》ります。その上で、純潔の証を奪ったばかりの蜜壺を、ジュッブジュッブジュッブと激しく指でかき混ぜました。

「んふうう！　あっちゅ……ふちゅう！　こっれ……んんん！　んっく……はふんん！　すっご……あああ、フェアリア……様……り、リア様……ちゅっる……んちゅうう！　これ、すごいですよ！　はんんん！　痛いのに……グチュグチュされるの……なんか……すご、くて……私……わた、しぃい……」

口付けを続けながら、リーナは縋るような視線を向けてきます。同時に蜜壺を収縮させ、きつくわたくしの指を締めつけてきました。

「もしかして、イキそうですの？」

「わから……ない……こんなの初めてだ、から……何も……分からない……ですぅ」

正直わたくしにも分かりませんわ。

普通処女を奪われたら痛いだけで感じることなんてないのではありませんの？　なのに、リーナはなんだか本当に気持ちが良さそうですわ。

だったら、止めることなんかありませんわね。

もっと見たい。もっとリーナの乱れた姿を——そんな想いが膨れ上がってきます。

わたくしはそうした感情に抗うことなく、グチュグチュとリーナの秘部をかき混ぜながら「ふっちゅ、んちゅっ！　ちゅっちゅっちゅっ」とキスを続けましたの。

目的は純潔を奪うこと。もうそれは果たしました。でも、どうしてか自分の行動を止めることができませんでしたの。

「んんん！　はっちゅ……ふちゅう！　こっれ、リア様……これ……なんか……何か……

来ます！　はふんん！　来て、しまい……ますぅう……ちゅっろ……んちゅろぉ」

フェアリアではない。リアと名を呼んできます。

そう呼ばれるとなんだか胸が熱くなるのを感じました。

「その感覚に身を任せなさい。リーナ……リーナッ！　ちゅっちゅっ……んちゅうう」

より強く唇を押しつけ、吸い上げます。同時に指をより奥にまで挿入し、こりこりとしたリーナの子宮口に指先で触れました。

瞬間――

「あっ！　い……イクっ！　あっあっあっ……イキます！　リア様……私……私……ああぁ……んぁあああっ！」

リーナは絶頂に至りました。

ギュウウウッと指が潰されてしまうのではないかと思うほどに、蜜壺が締めつけてきます。それはまるでわたくしのすべてが、リーナによって抱き締められているようにさえ感じてしまう感覚でした。

なんだかこれ、気持ちいい。それに、嬉しい……。

わたくしにとってリーナは殿下を奪う恨むべき相手です。実際恨んでいたからこそ、こんな行動にまで出たのです。それなのに、自分との行為でリーナが感じていることに、堪

らないほどの喜びを感じてしまいます。どうしてなのか？　どうしてわたくしはこんな風に感じてしまうの？

喜びと共に戸惑いを覚えながら――

「ちゅっ……んっちゅ……ふちゅうう……」

わたくしは改めて、絶頂するリーナに唇を重ねました。

するとそれに応えるように、リーナはわたくしの背中に手を回して抱き寄せてきます。

そのことに心地良さを感じながら、肢体をヒクつかせるリーナに口付けし続けましたの……。

そうしたまま一体どれだけの時間を過ごしたでしょうか？

やがて、わたくしの心はスウゥッと醒めていきました。いえ、心だけではありません。

わたくしの全身から血の気が引いていきました。

「あ……わたくし……わたくしは……なんてことを……」

正気が戻ってきたというべきでしょうか？

わたくしはリーナから離れます。

床に寝転がったままのリーナの秘部は、破瓜の血で赤く染まっていました。

「わたくし……わたくしは……」

思わず頭を抱えてしまいます。

「リア様……」

そんなわたくしに、魔力のせいでまだ起き上がることができないのか、リーナは横になったまま視線だけを向けてきました。

ジッとわたくしを見つめてきます。

穏やかな目です。なんだか優しささえ感じられる視線です。

でも、だけど、わたくしには、わたくしを責めてきているような視線にしか見えませんでした。

「リーナ……わたくし……」

何を言えばいいのでしょう？　何という言葉をかければ……。

分からず、固まってしまいます。

するとリーナはそんなわたくしに対して口元に笑みを浮かべると――

「リア様、謝る必要なんかありません」

そんな言葉を口にしてくれました。

「っ！　何故？　どうしてですの!?　わたくしは……貴女に酷いことを……」

女としての尊厳を奪うような行為をしてしまった。許されることではありませんわ。

「大丈夫です。だって……私は──」

そうした戸惑いに応えるように、リーナは口を開きかけました。

ですが、その刹那──

「フェアリア……これはどういうことだ⁉」

怒りに充ち満ちた声が温室内に響き渡りました。

「──え？」

わたくしとリーナは同時にそちらへと視線を向けます。

するとそこには──

「殿下……何故？」

殿下が立っていました。

「何故？　リーナが部屋から姿を消したという報告を受けたんだ。こんな夜更けにだぞ。だから何か嫌な予感がして、学園中を探し回った。その最中、この温室から魔力を感じた。それで来てみたら……」

殿下の視線がリーナへと──破瓜の血を流す身体へと向けられます。

「魔力を使って身体の自由を奪い──リーナを辱めたのか？」

今度はわたくしに視線が向きます。

その瞳から感じるものは、殺意さえも感じるほどの激情でした。

婚約者に向ける目ではありません。犯罪者に向けるそれに近い目です。

まぁ、それも当然のことですわね。だって、わたくしは――

「……はい。その通りですわ」

殿下に対してはっきりと頷いてみせました。

その答えに殿下は瞳を閉じ、一度大きく息を吸うと「おぞましい」と吐き捨てるように呟きました。

確かにその通りですわね。

本当におぞましいことですわ……。

四章　断罪の日

「皆の者、フェアリアを捕らえよ！」

殿下が命を下します。すると温室内に殿下の腹心達が入ってきました。皆、どこか戸惑ったような表情を浮かべています。後から来た者達は、わたくしがどれほど罪深いことをしたのか知らないのですから当然の反応かも知れません。

「殿下……フェアリア様をですか？」

わたくしに縄をかけていいのかと迷うような素振りも見せました。リーナの身体に殿下がマントを掛けているので、彼らは彼女の身体に何が起きたのかに気付けないのです。

「そうだ。その女は罪人だ。捕らえよ」

殿下は罪状を詳しく口にすることなく、重ねて命じました。

それでも公爵令嬢たるわたくしを前に、腹心達は立ち尽くします。

「構いません。殿下のお言葉は事実です。わたくしは罪を犯しました。ですからご遠慮なくお願い致します」

おぞましい罪を犯した。言い訳などすることはできない。わたくしは人として最低なことをしたのだ。許されることじゃない。

戸惑う男性達に対し、わたくしは自分から両手を差し出しました。

「……では」

こうしてわたくしは捕らえられました。


それからわたくしは、学校敷地内の外れにある塔の中に幽閉されました。

罪人の為の部屋。冷たい石で作られた部屋。昼間は暑く、夜は寒い――公爵令嬢として常に快適な生活を営んでいたわたくしにとっては本当に辛い環境でした。ですが、これも罰なのです。それほどの罪をわたくしは犯した。

いいえ、これでは足りません。もっと強い罰をわたくしは受けねばならないのです。

脳裏にリーナの姿が思い浮かびます。秘部から血を流す痛々しい姿が……。

なんでわたくしはあのようなことをしてしまったのでしょうか？　どうしてわたくしは自分を律することができなかったのでしょうか？　あれほどの罪を犯してしまうほどに殿下とリーナの関係に嫉妬してしまった自分が信じられません。

分からない。自分で自分が分からない。

ただ悶々と、わたくし自身が犯してしまった罪について考え続けました。でも、結局答えを導き出すことはできませんでした。

「久しぶりだなフェアリア」

そんなわたくしの前に殿下が現れたのは、幽閉から一週間ほど後のことでした。

殿下がじろりとわたくしを見つめてきます。その視線はどこまでも冷たいものでした。まるでゴミでも見るような目です。

こんな目で殿下に見られるなんて初めてのことであり、正直怖いと思ってしまいました。わたくしは思わず身体を硬くします。ただ、それでも殿下から顔を逸らしはしません。これも贖罪です。

「わたくしへの刑罰が決まったのでしょうか？」

「ああ……決まったよ」

殿下は頷くと——

「フェアリア＝ラ＝カタリアーナ——お前に死を命ずる」

どこまでも淡々と殿下はわたくしにそう告げてきました。

「お前も知っての通り、我が国では姦淫の罪は重い。ましてや自らの身分を振りかざしての行為など絶対に許されない。お前に生きている資格はない」

死刑——その言葉にわたくしは思わず瞳を見開いてしまいます。流石に頭の中が真っ白になってしまいました。

ですが、そうした動揺は一瞬のことです。すぐにわたくしは告げられた事実を受け入れました。

「承知致しました」

殿下に対し淑女の礼をします。

「受け入れるのだな」

少しだけ意外そうな表情を殿下は浮かべました。

「……当然のことだからです」

醜い嫉妬心の赴くままにわたくしはリーナを辱めた。純潔を無理矢理奪った。リーナの貴族令嬢としての将来を、人生を奪ったと言っても過言ではありません。わたくしはある意味ではリーナを殺したのです。

であるのならば、その罪は命で償わなければならないのです。

それに、殿下が先程説明してくれた通り、王国の法律でも他者の尊厳を奪い、辱める行為は死刑と決まっていますしね。

「そう、当然のことなのだ。公爵――お前の父上も、お前が犯した罪を聞いて、私のこの判決を支持してくれた」

でしょうね。

お父様は何よりもまず、貴族としての体面を大切になさっている御方です。わたくしが犯した罪の恥ずかしさを思えば受け入れて当たり前です。

「もちろん……リーナもだ」

ジッとわたくしを見つめながら、更に殿下は言葉を重ねてきました。

「……そう、ですか……」

リーナも受け入れた。わたくしの死を……。

当たり前のことですわね。それだけわたくしはリーナを傷つけたのですから……。だというのにどうしてでしょうか？　何故か、父上のことを告げられたときよりもずっと、胸に痛みを感じてしまいました。リーナに死を望まれたということに、耐え難いほどの苦しみを覚えてしまう自分がいました。

「一つだけ聞かせて欲しい」

わたくしの反応を観察しつつ、殿下はそう切り出してきました。

「何故だ？　何故お前はあのようなおぞましいことをした？　リーナと私の関係に嫉妬をしたというのは分かる。だが、お前は王族というのがどういうものかを理解していたはずだ。お前は完璧な婚約者だったからな……。それなのにどうして？　何故嫉妬など？　辱めだけではない。お前が取り巻きを使ってリーナに嫌がらせをしていたという事実だって既に掴《つか》んでいる。何故だ？」

　本気で分からないといった顔です。

　まぁ殿下が戸惑うのも無理はないでしょう。

　だって、それはわたくしにもよく分かっていないのですから……。

　何故わたくしは殿下とリーナの関係を許せなかったのでしょうか？　教えて欲しいのはわたくしの方です。

　だから、わたくしは殿下の問いに答えることができませんでした。唇を噛み締め、ただ俯くことしかできません。

「……まぁいい。罪は確定した。執行は三日後だ。それまで、ここで己が犯した罪を反省し続けるがいい」

　黙り込むわたくしに冷たく告げると、殿下はそのままさっさとこの場から立ち去っていきました。


　――三日後。

　わたくしが死を賜る日がやってきました。

死刑になるのは当然のこと。わたくしがリーナにしたことはわたくしの命でしかあがなえない——と、頭では理解し、受け入れたつもりでした。

ですが、身体が震えます。これからわたくしは死ぬのだと考えると、それだけで全身から血の気が引き、吐き気までこみ上げてきました。

怖い。怖い。怖いです。死ぬのが怖い。

三日前、殿下に対して「承知致しました」などと、「……当然のことだからです」などと答えた自分が信じられません。

助けて欲しい。誰かわたくしを……。

お父様、お母様……リーナ……。

救って欲しい。わたくしを許してあげてくださいと、リーナから殿下に訴えて欲しい——自分の犯した罪を忘れ、そのような都合のいいことだって考えてしまいます。それくらい、わたくしは死に対して恐怖を覚えてしまっていました。

ギイッと部屋の戸が開かれたのはそんなときのことです。

室内に入ってきたのは殿下でした。

「殿下っ！」

わたくしは殿下に対して縋るような視線を向けます。

ですが、そこで気がつきました。殿下の顔が青ざめていることに……。

長い付き合いですが、これまで見たことがないほどに血の気が引いています。もしかして、わたくしを、婚約者を死刑にすることに苦しんでいるのでしょうか？　だとしたら、もしかしたら――浅ましくもそんな希望を抱いてしまいます。

けれど、殿下が告げてきた言葉は、わたくしのそうした一縷の望みをあっさりと打ち砕くようなものでした。

「リーナが死んだ」

「――え？」

一瞬頭の中が真っ白になりました。殿下の言葉の意味がまるで理解できなかったのです。聞き間違いではないのかとさえ思ってしまいました。

「今、なんて？」

思わず聞き返してしまいます。

「……だから、リーナが死んだんだ」

そんなわたくしに、改めて殿下はその言葉を突き付けてきました。

「死んだ？　リーナが？　何故⁉」

意味が分からない。理解できない。

「……自害したんだ」

「じ……え……あ……どう……して……？」

分からない。分からない。分からない。

「どうして？　そんな理由……一つしかないだろ」

殿下がわたくしを睨み付けてきます。

ああ、そうだ。そうです。殿下が言う通りです。一つしかない。リーナが死ぬ理由なんてたった一つだけです。

わたくしが辱めたから。リーナの尊厳をズタズタに引き裂いてしまったから……。

だからリーナはもう生きていけないと、自分で自分を……。

いない？　もう、リーナはこの世界にいない？

頭の中がグチャグチャになります。視界も滅茶苦茶に歪みます。身体中が震え、先程自分の死を考えていたとき以上の吐き気を感じました。

同時にわたくしの脳裏に、あの頃のことが、リーナと共に過ごした幼い日の記憶が、蘇ってきました。

共に笑顔で走り回ったあの日の記憶が……。

リーナに救われ、リーナを救った夜の思い出が……。

ずっと友達だと小指を絡めたときのことが……。

ああ、そうか……。そうだったんだ。

瞬間、わたくしは理解しました。殿下とリーナの関係に耐え難いほどの嫉妬を覚えてしまった理由を……。

リーナに殿下を取られると思ったから嫉妬したのではなかった。

わたくしは殿下にリーナを取られると思ったから、嫉妬してしまった。

リーナを渡したくなかった。リーナをわたくしのものにしたかった。

つまり、わたくしは――


リーナを愛していた。


だから、だから……あんなことを……。あんなに最低で、おぞましいことを……。

何故、どうして？　なんで今、そんなことに気付いたのですか？　なんでもっと早く気付くことができなかったのですか？　もっと、もっと早く自分の想いに気付けていれば、もっと別な方法が……。

リーナを死なすことだって……。

ただただ、わたくしは立ち尽くします。自分の罪に絶望して……。

「フェアリア……私はお前を絶対に許さない」

そんなわたくしを殿下が睨み付けてきました。憎しみに充ち満ちた目で……。

気持ちはよく分かります。

だって、わたくしも同じですから……。

わたくしもわたくしが許せません。愛する人を死なせた自分を許すことなどできるわけがありません。

私は贖罪しなければならない。

罪を償わなければならない。

命には命をもって……。

「減刑はない。死んでもらうぞ」

冷たい言葉が向けられます。

「はい……殿下……」

恭《うやうや》しくわたくしは頭を下げました。

そしてそれから少し後――

わたくしの命は断頭台にて露と消えました……。

五章　そしてわたくしは女神と出会いましたの

ごめんなさい。ごめんなさい。リーナ……ごめんなさい……。

「——えっ⁉」

わたくしは目を開けます。

すると視界に飛び込んできたのは、見覚えのない部屋の光景でした。

玄関があって部屋がある。ただそれだけ。一応キッチンスペースや浴室、トイレに通じているだろうドアはありますけれど、それ以外は一部屋ですべてが完結しています。

わたくしが起きたのはそんな部屋に置かれたダブルベッドの上です。

これはどういうことですの？　わたくしは死んだはずじゃ？

処刑場にて首切り役人に斧を振り下ろされたことはよく覚えています。ただ、その瞬間以後の記憶はありません。わたくしは自分の首筋にソッと触れます。特に違和感はありません。傷などもついているようには思えません。

それに身に着けている服も、処刑時に着ていた茶色い囚人服とは違い、学園の制服になっています。

つまり、処刑は取りやめになったということでしょうか？

いいえ、そんなことはないはずです。だって記憶はありませんが、確かに斬られたという確信はありますから……。

でも、だとすればここは？　わたくしは？

頭がひたすら混乱してしまいます。

するとキイッと軋《きし》んだ音が響き、部屋の戸が開きました。

「ん？　ああ……起きたのか」

そのような言葉と共に、室内に一人の女性が入ってきます。

後ろ髪に結った腰まで届く長い栗色の髪に、碧い色をした切れ長の瞳、真っ直ぐ通った鼻梁《びりょう》、柔らかそうな唇――まるで作りもののように整った端整な顔立ちの女性です。身に着けた真っ白なワンピースと相まって、なんだか神秘的な感じさえしました。

「貴女は？　えっと……わたくしはどうなって？」

状況がまるで分かりません。

「混乱しているな。まぁ無理もない。フェアリア――キミは死んだのだからな」

名乗ってもいないのにわたくしの名を口にし、フフッと女性は笑いました。

「名前……。それに、死んだ？　つまり、やはり刑は執行されたということですか？　わたくしは首を傾ねられた？　だとしたらここは……死後の世界ということですか？」

混乱しつつ必死に思考し、わたくしなりの答えを導き出してみました。とはいえ、信じ難い話です。

「半分正解だな」

美しい見た目の割に、まるで男性のような口調で女性はそう口にしました。

「ここはな、生者の世界と死者の世界を繋ぐ――まぁ、中間世界と言うべきかな」

「中間世界？　そう言えば……聞いたことがあります。東洋の宗教の中には、死んだ後、生前の行いを裁く裁判のようなものを受ける場所についての教えがある――とか。ここはそういう場所なのですか？」

「ちょっと違うな」

わたくしの問いに女性が少し考えるような素振りを見せると――

「ここは大きな罪を背負った魂を救済する場所だ」

罪――その言葉にわたくしの胸がドキリとしました。

確かにわたくしは罪を背負っています。大きな罪を……。

「……救済とはどういう？　それに、貴女は一体？　貴女はその……神様なのですか？」

「私の名はサリア＝ハートネス――一応贖罪の女神ということになっている」

問いに対し女性──女神サリアはそう言うと、フフッと口元に笑みを浮かべました。

「あの……何か？」

「ん？　ああ、いや、すまない。自分を女神というのは少し気恥ずかしくてな」

「はぁ……」

まぁ確かに、私は神だ！　なんて自分が名乗らなければならなくなったら少し恥ずかしいかも知れませんが……。

と、今はそんなことを考えるような時間ではありませんね。

「えっと、その、つまり、わたくしがここにいるのは、贖罪の為ということですか？」

「……そういうことになるな。キミは大きな罪を犯しただろう？」

「それは……」

血を流すリーナの姿が思い浮かんできます。殿下がわたくしに向けた「リーナが死んだ」という言葉が蘇ってきます。

「はい……わたくしは罪を犯しました」

否定なんかできない。わたくしがずっと背終わっていかなければならない罪だ。

「フェアリア──キミはその罪を贖《あがな》わなければならない。罪で穢《けが》れた魂を死者の世界に行かせることはできないんだ」

「罪を贖う……」

それは――

「わたくしも望むところです」

わたくしは首を刎ねられた。罪人として処刑された。でも、それでは足りません。それだけでは自分の罪を償ったとは言えない――そんな想いを伝えるように、わたくしは真っ直ぐ女神サリアを見つめました。

「なかなかいい目だ。最初から覚悟はできているということか。だが、隠さず言うが、贖罪は辛いものになるぞ」

「望むところです」

辛くなければ罪を償うことなんかできませんわ。

「それでその……一体わたくしは何をすればいいのですか？」

「……キミがすべき贖罪は救済だ」

問いかけに対する女神サリアの答えはそれでした。

「生者の世界には報われることなく、苦しんでいる人々が大勢いる。キミにはそんな人達を救ってもらいたい」

「生者を……救う？　死者であるわたくしにそのようなことができるのですか？」

「可能だ。何故ならばキミは生者となるからだ」

「………？」

意味がよく分かりません。思わず首を傾げます。

「分かりやすくいうとだな、キミには転生してもらう」

「……生まれ変わり？」

「そういうことだ。生まれ変わった先で、救うべき人を救うんだ」

「救うべき人？　でも、そんな人をどうやって？」

「大丈夫。出会えば分かる。この人こそ救うべき相手だ――となる」

「なるほど。それならできそうな気がしますわ」

うんっと、わたくしは頷きます。

すると、女神サリアがそんなわたくしをジッと見つめてきました。

「あの……何か？」

「いや、随分簡単に受け入れるのだなと思ってな」

「それだけの罪を犯した自覚はありますから」

素直に告げます。

わたくしのそうした答えに、一瞬女神サリアは少しだけですが悲しそうな表情を浮かべました。ですが、それは本当に僅かな時間のことでしかありませんでした。すぐに女神は表情を引き締めると――

「自覚し、事態を受け入れているということはとてもいいことだ。だが、この贖罪は簡単にできるものではない。キミにとっては間違いなく辛いものになる」

「……それは、どういうことですの？」

人を救うことが辛いものになる？　一体それって？

「キミにとって辛い方法を取らねばならないということだ。フェアリア――キミは生まれ変わった先で、救済すべき相手に悪意を向けなければならない」

「悪意を向ける？」

「俗っぽい言い方をさせてもらえば……救済相手を苛《いじ》めなければならないということだ。変な噂を流したり、その人が大切にしているものを壊したり隠したり、その人の周囲の人間に対して圧力をかけたり――等々の嫌がらせをね」

「――え？」

一瞬女神サリアの言葉の意味がわたくしには分かりませんでした。

「どうしてですか？　わたくしがすべきことは救済ではないのですか!?　それなのに、苛め？　嫌がらせ？　それでは……」

生前リーナにしてしまったことと何も変わりがない。

「ただ新しい罪を積み重ねるだけではないですか……」

「そうだな。でも、それこそが救済であり、キミの贖罪なんだよ」

「意味が分かりません」

「……つまりだな、キミが嫌がらせをし、苛めることで——悪役となることで、その女性を引き立たせる。その女性が実は本当は魅力的な人間だということを、キミの悪意によって周囲の人々に知らしめる——ということだ」

「悪役？　悪になることで引き立たせる？　ですが……それでは……」

救済されるべき人が可哀想では……。

それに——

「わたくしは、もう……リーナのように苦しむ人を見たくはありません」

「……だろうね。私も自分で言っておいて、こんな方法はどうかと思うよ。だが、言っただろう？　これは救済であり、贖罪なんだ——とね。キミは罪を犯した。だから、その分苦しまなければならないんだよ。既に罪だと理解している行動を繰り返さなければならない。それは苦しいことだろう？」

「それは……はい……」

「罪を償うとはそういうことなんだ」

それだけわたくしは罪深いということなのでしょう。

「キミには何度も繰り返してもらう。何度も自分が犯した罪を再現してもらう。そうすることでより強くキミは罪の重さを知らねばならないんだよ」

それが贖罪……。

「女神様……貴女が仰りたいことは理解しました。ただ、その……一つ疑問な点が」

「何かな？」

「何度も繰り返すとは？　救済は一度だけではないのですか？」

引っかかる言い方だったので尋ねる。

それに対し女神サリアはどこか辛そうな表情を浮かべたかと思うと——

「そうだ。一度だけじゃない。キミには九九回転生してもらう。キミは救済の為に救うべき人を傷つける。故に、一人を救うとキミはその罪を断罪され、死ぬことになるんだ。でも、死しても罪人であるキミの魂は救われない。すぐにキミはまた生まれ変わることになる。そこでまた救済すべき人に出会うんだ。それを九九回続けてもらう。キミが犯した罪はそれだけのものだということだ」

「……九九人に対して、わたくしは悪を為《な》す——と」

「そういうことだ」

女神サリアは頷きました。辛そうな表情のまま……。

どうやらこの女神様はわたくしに対して申し訳なさを感じているようです。わたくしは罪人だというのに……。

優しい御方のようです。流石は女神様と言うべきでしょうか。

ただ、だからといってそれができるかと言われれば……。

「その……拒否したらどうなるのですか？」

罪を贖わなければならないというのは分かる。しかし、その為に誰かを傷つけるなんて辛すぎる。

「拒否をすれば……彼女の魂が……彷徨《さまよ》うことになる」

「彼女？」

一体誰のことだろう？

「キミにとって最も大切な人のことだよ」

「——え？」

一瞬頭の中が真っ白になりました。

そして、浮かび上がってきます。彼女の——リーナの顔が……。

「何故？　どうしてですか⁉　なんでわたくしが拒否をすると、リーナが彷徨うことになるのですか⁉」

わけが分からない。罪人はわたくしなのに……。

「彼女もまた罪を犯したからだ」

「どんな罪を⁉」

「彼女は自死を選んだ。自殺とは罪だ……」

女神サリアは語りました。

自害した者の魂は成仏することもできず、永遠に苦しみの中漂い続けるのだ――と。

「悪くない！　リーナは何も悪くありません！　だから、どうか助けてあげてください！」

「……キミが救うんだフェアリア」

「わたくしが？」

「そうだ。九九人を救済する。九九回命を捧げる……。それによって自分の罪を、リーナの罪を――二人分の罪を贖うんだよ」

「リーナの分までわたくしが……」

「キミにばかり背負わせることになる。本当にすまないと思っている。だが、これはキミにしかできないことなんだ」

わたくしを女神サリアは真っ直ぐ見つめ続けています。

その顔は本当に辛そうなものでした。泣き出しそうなものでした。それほどまでの申し訳なさを感じてくれているということが、一目で分かる顔でした。

流石は女神――素晴らしい方のようです。

彼女の言葉すべてが心からのものだと理解できました。

「そんな顔はしないでください」

わたくしは女神様に対して微笑みを浮かべてみせます。

「女神様の気持ちはよく分かりました。ですからやります。わたくしはやってみせます。どんなに辛くても贖罪を果たしてみせます。九九人――皆を幸せにしてみせます。そして……リーナの魂を救ってみせます」

真っ直ぐ女神サリアを見つめ、心からの想いを口にしてみせました。

そんなわたくしを女神も見つめ返してきた上で――

「フェアリア――頑張るんだぞ」

そんな言葉を口にしてくれました。

瞬間、わたくしの身体がカアアアッと光り輝きました。全身が温かく、どこか心地良さを感じさせる光に包み込まれます。

「これは……」

「転生の始まりだ」

「そうですか……」

生まれ変わる。

生きられなかったリーナの分まで、多くの人々を救う為に……。

わたくしを見つめる女神サリアに対して微笑みを向けながら、わたくしはゆっくりと、その光の中に意識を手放しました。

※

サリアの前からフェアリアが消えた。

サリアは光の残照をただただ見つめながら――

「フェアリア、キミを――それにリーナを救う為にはこうするしかないんだ。すまない……」

ポツリと謝罪の言葉を口にするのだった……。

六章　わたくしは世界の悪役ですわ

わたくしは目を覚まします。

途端に視界に飛び込んできたのは知らない天井――では、ありませんでしたわ。

ここはわたくしの家で、わたくしの部屋。それに間違いはありませんわ。でも、カタリアーナ公爵屋敷のわたくしの自室ではありません。学園寮でもありません。

ここは――フェアリア＝レイク＝ファルムート公爵令嬢の寝室ですわ。

って、え？　ファルムート公爵令嬢？　わたくしはカタリアーナ公爵家の娘で……。

うっく、なんだか頭が痛いですわ。流れ込んでくる。知識が……。

わたくしはフェアリア。でも、姓はカタリアーナではなく、ファルムート。

ああ、そうか。そういうことですのね。理解した。自分が置かれている状況を飲み込むことができましたわ。

そう、これが転生……。

わたくしはファルムート公爵令嬢として生まれ変わったということなのですね。

新たな人生の記憶が流れ込んできます。その量は膨大で、少し頭が痛くなってしまいましたわ。でも、そのお陰でわたくしは状況を認識することができました。この新たな人生で、わたくしは贖罪を行うのですね。

そんなことを考えながら鏡の前に立ちます。

「……これは」

思わず呟いてしまいました。

これは生まれ変わり、だからきっと姿も声も、これまでとは違うものとなる――と、思っていたのですが、鏡に映ったわたくしの顔立ち、立ち姿は、前世のものとまったく変わりがないものでした。

容姿などは引き継ぐということですのね。

そのことに少しだけですが、ホッとする自分がいました。

それから屋敷で着替えなどをし、朝食を取ったわたくしは、公爵家の馬車に揺られてイヴァリアス王国王城へとやってきました。

婚約者である王国王子ヴァルムス＝カスラム＝イヴァリアス主催のお茶会に参加する為です。

今生もまた王族の婚約者ですのね。

少しおかしさを感じつつ、わたくしは茶会会場である王城中庭に入りました。

「やぁフェアリア」

ヴァルムス殿下がわたくしに声をかけてきます。金色の髪に碧い瞳――ステファン殿下に何となく似ている御方でした。

「ごきげんよう殿下」

わたくしは殿下に恭しくお辞儀をします。前世で暮らしたプリスキン王国の作法とは少しだけ違ったのですが、間違えることなく自然と挨拶することができました。身体が今生の礼儀作法を覚えてくれているようです。

「今日は楽しんでいってくれよ」

殿下は当たり障りのない言葉をわたくしに向けてきます。

どうやらヴァルムス殿下は婚約者であるわたくしにはあまり興味がなさそうです。決められた婚約者――それ以上でもそれ以下でもないのでしょう。なんだか少しファルムート公爵令嬢に対し、同情心を感じました。わたくし自身なのに変な話ですね。

何となくそのようなことを考えながら、わたくしは茶会会場を見回します。

そしてわたくしは、一人の女の子に目を留めました。

赤みがかった髪の、少しだけ日焼けが目立つ少女です。この場にいるほとんどの貴族が誰かと楽しそうに話をしているというのに、彼女だけは一人。なんだか所在なさげな感じで、キョロキョロと視線を泳がせています。こういった席に慣れていないということが一目で理解できる姿でした。

わたくしはそんな彼女に目を奪われてしまいます。視線を外すことができません。

何故ならば、一目で分かってしまったからです。彼女こそがわたくしが今世において救うべき相手だということが……。

「フェアリア様、ごきげんよう」

すると数人の貴族令嬢が声をかけてきました。

当然初めて顔を合わせる人達です。ですが、すぐに自分に声をかけてきた貴族令嬢達の名が脳裏に浮かんできました。

「ああ、これはこれはナルア侯爵令嬢……ごきげんよう」

まずは先頭に立つご令嬢——ナルア様の名を口にし、恭しく頭を下げます。

「その……一体何を見ていらっしゃったのですか？」

どうやら紅髪の少女に目を奪われていたことに気付いていたらしく、ナルア様はすぐにそんなことを尋ねてきました。

「いえ……ちょっと……見慣れない方だなと思いまして」

わたくしは改めて紅髪の少女へと視線を向けます。つられるようにナルア様もそちらへと視線を向けると「ああ、彼女ですか」あからさまに不機嫌そうな表情を浮かべました。

「……あの方に何か問題でも？」

どうやらナルア様にとっては気に入らない相手のようです。

「あの方ですよ……例の噂の方は……」

フエムル子爵令嬢がそんな言葉を向けてきました。

「例の噂？」

なんのことでしょう？　首を傾げます。すると、記憶が浮かび上がってきました。

最近貴族達の間で話題になっている噂――レルムート侯爵が平民の娘を引き取ったという話です。レルムート侯爵家には元々娘がいました。けれど、先年その娘は病にかかってそのまま帰らぬ人となってしまった。そこで侯爵は、かつて手をつけたメイドの一人娘を自身の子として引き取ることにした。それがあの子ということなのでしょう。

「本当に侯爵の子かどうか……。怪しいものです。つまり、あの女は貴族ではない。ただの平民ということです。許せないとは思いませんか？」

貴族と平民の間には圧倒的な格差があります。貴族は貴き存在。なのに下賤な平民がその中に入ってくるなど絶対に許すことはできない――貴族令嬢達のそんな想いが強く伝わってきました。

けれど、わたくしはそう思えませんでした。

身分差があるから排除する。近づけない――そんな考えは間違っています。だって、そういう考えが貴族達の間にあったからこそ、前世において再会したリーナにわたくしは友人として接することができなかった。その結果があの悲劇です。

身分など誰かが後から決めたもの。わたくし達は人と人なのです。平等に接するべきなのです――そんな想いが膨れ上がってきました。

ですが、否定しようとした瞬間――わたくしの脳裏に〝贖罪〟という言葉が浮かび上がってきましたの。

それと共に理解もしました。わたくしが今世でなすべきことを……。

「まったくその通りですわね」

それ故に、わたくしはご令嬢方の意見に頷きました。

本当は同意などしたくはありません。でも、これがわたくしの贖罪なのです。

女神サリアは仰いました。わたくしの悪意によって救われるべき者の魅力を周囲に知らしめるのだ――と。

わたくしは悪に徹さなければなりません。

この世界においてわたくしは悪役なのです。

「……では、教えてあげましょうか。彼女――レルムート侯爵令嬢に自分自身の立場というものをね」

嫌がらせを受けていたときのリーナの悲しげな表情が脳裏に蘇ってきます。思い出すとそれだけで胸が痛くなってしまいます。あんな顔はもう見たくはありません。誰かを傷つけるようなことだってしたくはありません。でも、それでも、わたくしは為さねばならないのです。贖罪の為に……。そして、彼女を救う為に……。

わたくしは貴族令嬢の皆様方を引き連れて、レルムート侯爵令嬢へと歩み寄っていきました。

「ごきげんよう」

笑顔で声をかけます。

「へ？　あ……その……えっと……」

まさか自分が声をかけられるとは思ってもいなかったのでしょうか？　紅髪の侯爵令嬢は戸惑ったような表情を浮かべます。

「わたくしはフェアリア＝レイク＝ファルムート――貴女は？」

そんな彼女を真っ直ぐ見つめつつ、どこまでも恭しくお辞儀をしました。

「あ……えっと……わ、私は……リナリーナ＝ラ＝レルムートと……いいます。えっと、あの……よ、よろしくです」

　ぎこちない様子で頭を下げてきます。

　貴族の作法にまったく慣れていないことが一目で分かる態度でした。そんな様子を見てクスクスと周りの貴族令嬢達が笑います。

　しかし、わたくしは笑うことなんかできませんでした。レルムート侯爵令嬢が名乗ったリナリーナという名前が、妙にリーナに似ていたからです。こんな偶然があるものなのか――と硬直せざるを得ませんでした。

「あの……どうかしました？」

　そうしたわたくしの態度に、レルムート侯爵令嬢――いえ、リナリーナは不思議そうな表情を浮かべて首を傾げました。

　途端に「ちょっと、失礼ではなくて？」「フェアリア様にその言葉遣い……貴女には礼儀というものがありませんの？」貴族令嬢達が怒り出します。

「え……あ、す、すみません」

　皆の態度に気圧された様子で、リナリーナは慌てて謝罪してきました。

　噂が本当ならばつい最近までリナリーナは平民だった。礼儀作法がなっていなくても仕方がないことです。ですが――
「どうやら、この場に招かれるには相応しくない御方みたいですね」
わたくしは扇子を取り出して口元を隠すと、わざと嫌みったらしい言葉をリナリーナへと向けました。
するとそうしたわたくしの態度にナルア様を始めとした貴族令嬢達が、我が意を得たり
といいうような表情を浮かべました。
「まったくその通りですね。まさか、王族主催のパーティーに礼儀作法も知らないような
方が紛《まぎ》れ込むなんて」
「貴女……それでも貴族なんですか？　それとも……まさか実は平民とか？」
クスクスとナルア様達が笑います。
向けられる嘲笑に、リナリーナ様は今にも泣き出しそうな表情を浮かべました。顔を真
っ赤にして俯き、瞳を潤ませる――正直痛々しいです。見ているだけでなんだか胸が苦し
くなってくるような姿でした。
これで正しいのでしょうか？　悪意で救われるべき者の魅力を知らしめる？　本当にこ
れでそんなことができているのでしょうか？　疑問を抱かざるを得ません。
そんなときです。

「何をしている？」

　という言葉と共に、ヴァルムス殿下がこの場にやってきました。

　殿下はわたくし達と俯いたリナリーナを見比べます。そしてすぐにリナリーナが泣き出しそうな表情を浮かべていることに気がつきました。

「どうかしたのか？」

　殿下は優しくリナリーナに囁きかけます。

　この状況に貴族令嬢達は一瞬緊張するような表情を浮かべました。どうやら先程の行為が恥ずべきものだという自覚自体はあるようです。

「別に……なんでもありません。その、少し目にゴミが入ってしまって」

　ですが、リナリーナは自分が受けた嫌みを話しはしませんでした。

　どうしてリナリーナはヴァルムス殿下に事態を話さなかったのでしょうか？　ヴァルムス殿下は優しい方です。貴族だろうが平民だろうが関係なく、敬意を持って接することができる方です。あそこでリナリーナが話していれば、多分わたくし達は罰を受けることとなったでしょう。それなのに何故？

　茶会の後、家に帰ったわたくしはずっとそんなことを考えていました。

すると、まるでその疑問に答えるかのように、わたくしの頭の中にその映像が流れ込んできました。

見えたのはリナリーナです。

彼女は自室と思われる部屋にてベッドに座っていました。彼女は薄汚れたクマのぬいぐるみを抱いています。そのぬいぐるみに――

「今日は大変な目に遭ったよ」

とリナリーナは声をかけました。

「貴族のご令嬢方に捕まっちゃってさ。嫌みを言われちゃった。まぁ仕方ないよね。私が元平民だってのは本当のことだからさ。でも、でもね……負けない。私は負けないよ。何を言われたって絶対に折れたりなんかしない。だってさ、私は母さんの娘なんだからね。母さんは本当に強かった。たった一人で私を育て上げてくれた。本当に最高の母さん。だから、私は負けないの。何をされたって……」

より強くリナリーナはクマを抱き締めました。

「そしていつか、貴族のみんなにも認めてもらうんだからね」

語りながらリナリーナはポロポロと涙を流します。

強がりを口にしていますが、昼間の出来事は本当に悔しかったのでしょう。悲しかったのでしょう。それでも彼女は強く在ろうとしている。

これがリナリーナの魅力……。

この強さを皆にも知ってもらう。それがわたくしの役目……。

すべきことが分かった気がしました。

だからわたくしは――翌日以降、リナリーナに会うたび（社交シーズンなのでその機会は沢山ありました）、彼女に対して公衆の面前で様々な嫌がらせを容赦なく行ったのです。

「貴族ではない者が入り込んでいるみたいですね」

「下賤なものと同じ空間にいるだけで空気が淀むのを感じますわ」

「ああ、わたくしの品位まで落ちてしまいそう」

最低な言葉を紡ぎます。口にするたび、胸に刃が突き立てられるような痛みを感じましたが、その辛さに耐え、わたくしは繰り返しリナリーナを責めました。

それは決して言葉だけではありません。リーナに対してしてしまったことを思い出しながら、時にはリナリーナに水をかけ、時には足をかけて転ばせ、時には背中を押して男性と身体を密着させるなど、直接的な危害も加えました。

ただ、リーナに最後にしたような辱めは行いませんでした。というか、できませんでした。

リーナにあんなことができたのは、無自覚の内に彼女を愛してしまっていたから……。

ああいう行為だけは本当に好きな人としかできませんからね。

でも、あんなことをせずとも、わたくしの嫌がらせは十分効果を発揮しました。

これ見よがしに、皆の前で堂々と苛める。

そのお陰でしょうか？　いつしかリナリーナの周りには彼女に同情する人々が集まり始めました。

同情――そう、あくまでも同情です。

ですが、それは最初だけ。彼女と共にいれば、彼女の魅力は伝わります。

「フェアリア様のやり方は酷すぎます。見ていられません。訴えるべきです。ヴァルムス殿下ならば必ず、フェアリア様を断罪してくれます」

貴族令嬢の一人がリナリーナにそう訴える姿が見えました。

「それは駄目」

ご令嬢に対し、リナリーナは首を横に振ります。

「何故です？　いくら侯爵令嬢とはいえ、フェアリア様の行いは看過できるものではありません。やり過ぎです。リナリーナだって辛いでしょう？」

「……うん、確かに辛い」

素直にリナリーナは頷きました。

辛い――その言葉がわたくしの胸に突き刺さります。

「でも、私は負けない。あのフェアリア様にだって、私のことを認めさせてみせるから」

表情は本当に辛そうです。それでも負けないと誓う――その姿は本当に魅力的なものでした。

いいですわ。認めさせてみなさい――そんな想いで、わたくしはリナリーナ様に対して嫌がらせを続けましたの。

そのお陰でしょうか？　やがてリナリーナ様はヴァルムス殿下にも認知されるようになりました。

貴族なのに貴族らしくない。でも、必死に貴族になろうとしている――そんな姿にヴァルムス殿下も惹かれたのでしょう。舞踏会が開かれるたび、二人が会話をする時間が増えていきました。

「リナリーナはどうしてそんなに貴族たろうとするんだ？」

殿下とリナリーナが二人で会話する姿をある晩、わたくしは見ました。

「死んでしまった母さんの為、それに……私を引き取ってくれたお父様の為です」

「レルムート侯爵か……。だが、侯爵はキミの母が死ぬまでキミを放置していたのだろう？」

「それは違います。お父様は離れて暮らしているときもいつも私達のことを見守っていてくれました。実際、お忍びで何度も家に顔を出したりもしてくれていたんですよ。そんなお父様を母さんも愛していた。お父様に相応しい娘になって――それが母さんの口癖でした。だから、私は貴族になるんです。なってみせるんです！　大切な人達の為に」

そう言うとリナリーナはブローチを取り出しました。緑色の宝石がとても美しいアクセサリーです。

「それは？」

「母さんが残してくれたものです。お父様にもらったそうですよ。母さんの瞳と同じ色なんです。だからかな……これを通じて母さんが私を見てくれているように感じるんですよね。私は一人じゃない。母さんもいつも一緒。だから……私は絶対に負けない」

「……そうか」

決意を語るリナリーナを見る殿下の目は、とても優しいものでしたわ。

わたくしは、そんな二人の接近に反比例するように、更にリナリーナ様に辛辣な態度を取るようになっていきました。

ただ貴族らしくないことを詰るだけじゃない。婚約者がいる男性に近づくことの罪深さという点からもリナリーナを責め立てました。

そんなある日の舞踏会にて踊っている最中、わたくしはリナリーナと衝突しました。もちろんわざとです。

「あ……す、すみません」

当然リナリーナだって気付いているでしょう。けれど、わたくしとリナリーナとの間には埋められない絶対的な身分差があります。バランスを崩し、倒れつつ、リナリーナは謝罪してきました。

「まったく……ダンスの一つもまともにできませんの？」

当然わたくしは嫌みを口にします。

そこで――

「ん？」

わたくしは床に落ちるブローチに気付きました。リナリーナが殿下に見せていたものです。それを見た瞬間、自分が何をすべきか――ということが天啓のように頭の中に思い浮かびました。

あれを踏め。あの宝石をヒールで踏み潰し、壊せ――と。

ですが、それは……。

流石に躊躇《ためら》ってしまいます。そこまでする必要があるのかと考えざるを得ません。これ以上傷つけることになんの意味があるのでしょうか？

したくない。やりたくない――そんな風に思ってしまいます。

けれど、その刹那、わたくしの脳裏にリーナの顔が浮かんできました。

やりたくないからやらない。辛いからしない――それでは駄目なのです。

だってわたくしはリーナの分まで贖罪をしなければならないのですから……。

だからわたくしは、心の中で何度もごめんなさいと謝りながら、リナリーナの目の前で、リナリーナが大切にしていたブローチを、容赦なくヒールで踏み潰しました。

宝石が砕け散ります。

「――え？」

瞬間、リナリーナの目が見開かれました。

何も感じさせない。感情が抜け落ちたような表情です。その顔を見るだけで、わたくしの胸まで砕けてしまいそうなほどに痛みました。でも、わたくしは耐えます。痛みに必死に抗います。その上でリナリーナに対しわたくしは一言――

「あら……何かした？　ゴミでも落ちていたのかしら？」

どこまでも冷たい言葉を口にするのでした。


また、映像が見えてきました。

舞踏会会場の外でリナリーナが一人泣いています。壊れたブローチを手にして……。

「それは……どうしたんだ？」

そんな彼女に声をかけたのは、遅れて会場入りしたヴァルムス殿下でした。

「え？　あ、その……なんでもありません」

リナリーナは慌てて涙を拭い、壊れた宝石をしまおうとします。

「なんでもないわけないだろ！」

殿下がその手を取りました。

「これはキミにとって何よりも大事なもののはずだ。それがこんなことになって……。辛くないわけがないだろ！」

心から殿下はリナリーナを案じています。

「……大丈夫。私は大丈夫。こんなことじゃ負けません。わた……私は……絶対に立派な……立派な貴族になるって誓ったんです。だから、この程度で……へこたれたりなんてしません……絶対に」

それを理解した上で、リナリーナはそう口にしました。殿下に対してだけじゃありません。まるで自分自身にも言い聞かせるように……。

けれど、間違いなく辛いのでしょう。それを証明するように、彼女の目からはポロポロと涙が溢れ出しました。

思わず駆け寄って抱き寄せたくなります。

でも、わたくしにできることはただ見ていることだけです。

すると、そんなわたくしの代わりに「我慢なんて必要ない。悲しければ泣けばいい。それでキミが負けたことになど絶対にならないから」殿下がギュッと強くリナリーナを抱き締めました。

そのお陰でしょうか？　やがてリナリーナは殿下に抱き締められたまま、声を上げて泣きじゃくるのでした。

殿下はそんな彼女の頭を優しく撫でます。何度も何度も……。

けれど、そのときの殿下の表情はとても冷たいものでした。底冷えする怒りを感じさせるような顔です。

それを見て、わたくしは終わりのときが近いことを悟りました。

「フェアリア……キミを断罪する」

予感は当たりました。

ブローチを壊してから一ヶ月後、城にて開かれた王族主催の盛大な舞踏会――そこでわたくしはヴァルムス殿下にまるで親の敵でも見るような目で睨まれました。いえ、殿下だけではありませんわ。会場に集まっている貴族達のほとんどが、わたくしを冷たい目で見てきます。

ただ、そんな中でリナリーナだけは、わけが分からないといった様子で驚きの表情を浮かべていました。どうやら彼女にはこの場でわたくしを断罪することを話してはいなかったようです。

「断罪とは……どういう意味ですの？」

冷静にそんなことを考えながら、わたくしは殿下の瞳を真っ直ぐ見つめます。

前世においてステファン殿下がわたくしに向けてきた目によく似ています。強い敵意が伝わってくる視線。肌がピリピリとします。正直なことを言えば怖いです。だってわたくしは蝶よ花よと育てられた公爵令嬢ですのよ。恐怖を覚えないわけがありませんわ。

けれど、怖いと思いつつも、同時に安堵している自分もいましたの。

だってそうでしょう？　これでやっとリナリーナを苦しめるという苦しみから解放されるのですから……。

「キミがこれまでリナリーナにしてきた所業の数々、その証拠は既に掴んでいる。キミがしてきたことは貴族として――いや、人として決して許されないことだ」

その通りですわ。

わたくしがしてきたことは絶対に許されません。

でも、わたくしはこの世界においては悪役。

「何を言っていますの？　わたくしはただ、リナリーナ様に貴族としての礼儀を教えていただけですわ。わたくしは公爵家の娘。そして、殿下……貴方の婚約者ですのよ。すべての貴族の模範になるべき者。その責を果たしていただけですわ」

幼い頃から公爵令嬢であり王族の婚約者として、人前に立つことはとても多かった。どんなに感情が乱れているときでも常に笑顔で……。

そうした特技を生かして、自分の罪を理解しつつも、堂々と振る舞ってみせます。

だからでしょうか？　気圧されたように周囲の貴族達がざわつき始めます。本当にわたくしが悪いのか？　そんな疑念を抱いたようです。

まったく情けない。悪いのはわたくしですのに……。押されてどうするのですか！

「殿下……リナリーナ様から何を聞いたのかは知りませんが、多分それは嘘ですわよ。はぁ、折角わたくしが貴族としての振る舞いを教えてあげていたというのに、リナリーナ様はそれを理解できなかったようですね。それどころか殿下に対して嘘までつくなんて……。所詮《しょせん》貴女は平民。貴族にはなれないということですわね」

わたくしはリナリーナを嘲笑します。

周囲の貴族達が「嘘をついた？」「殿下を謀ったのか？」「だとすれば、確かに貴族の資格はないな。所詮は平民か」などと実に無責任な言葉を口にします。

う～ん、これは少し不味いですかね。

悪役っぽく振る舞ってはみましたが、堂々としすぎてなんだか流れが変わってきてしまいましたわ。ただ、だからといって今からこっちが引くのも問題ですし。えっと、殿下、なんとかしてください。

わたくしは殿下を見ます。

すると――

「私は貴族です！」

殿下の代わりにリナリーナが声を張り上げました。

強い意志を感じさせる目でわたくしを見つめてきます。

「私は……貴族として決して嘘などつかない！」

言葉はそれだけです。

後はただ、わたくしを見つめてくるだけ。

その表情には怯《おび》えも何もありません。強い誇りを感じさせる表情でした。

一瞬わたくしは見惚れてしまいます。いえ、わたくしだけじゃありません。この場にいる貴族全員が、彼女に呑まれているようでした。

殿下さえもポカンとした顔でリナリーナを見つめます。しかし、流石は殿下というべきでしょうか？　すぐに表情を引き締めると――

「リナリーナは立派な貴族だ。誇り高い貴族だ。その証拠にリナリーナは私に何も言ってはこなかった。どれだけキミに辛い目に遭わされても泣き言を言わず、受け入れていた。自分が貴族だといつか認めさせてみせる――と。リナリーナは本物の貴族だ。それに対してキミは……。フェアリア、キミに貴族たる資格はない。これが証拠だ」

言葉と共に殿下は魔法を発動します。

すると会場中央に水鏡のようなものが出現しました。

そこに映し出されたのはナルア侯爵令嬢でした。

『……私は自分が恥ずかしいです』

ナルア様が謝罪の言葉を口にします。

『平民の出だからとリナリーナ様を見下し、酷いことを繰り返してきました。でも、リナリーナ様はそれを受け止め、耐えた。その姿に貴族としての誇りを感じました。だから……謝罪します。これまでの行いを……。そして、証言します。わたくしや皆に、フェアリア様が命じてきたことのすべてを……』

わたくしの言葉に従ってリナリーナを苛めてきたことを、ナルア様は証言致しました。いいえ、ナルア様だけではありません。わたくしの取り巻きだった貴族令嬢達が次々とわたくしの罪を証言していきました。

わたくしはただ立ち尽くし、その光景を見つめます。

皆がリナリーナ様に謝罪し、リナリーナ様こそ貴族だと口にします。

それを見ていてなんだかわたくしは嬉しい気持ちになりました。

貴族だと認めさせてみせる——そんなリナリーナ様の想いは皆に届いていたのです。平民だと見下していたご令嬢の皆様にまで……。

よかったですね。リナリーナ様……。

思わず駆け寄って抱き締めたくさえなりました。

でも、それはできません。だってわたくしは、悪役なのですから……。

「これでもまだ言い逃れするのか？」

殿下がわたくしを睨み付けてきます。

ここは悪役らしく返さねばならない場面ですね。

けれど――

「それは……その……えっと……あの……」

こういう場合、どう反応するのが正しいのでしょうか？　悪役ならどんな言葉を口に出すのでしょう？　こんな経験ないので、ちょっとよく分かりません。言葉に詰まることとなってしまいます。

「何も言い返せないようだな」

ですが、わたくしにとっては都合のいい解釈を殿下はしてくれました。

「フェアリア……キミの犯した罪は重い。キミには王妃になる資格はない。キミとの婚約は解消する。そして……キミの貴族籍も剥奪する！」

堂々と殿下は会場中に響き渡るほどの声で宣言しました。

周囲の貴族達もそれに同調します。皆が蔑《さげす》むような視線を向けてきました。

それと共に、リナリーナへの賞賛も向けます。誰もが彼女を貴族だと認めていました。

皆のそうした反応にリナリーナはひたすら戸惑います。

ふふ、戸惑わずに受け入れなさい。これが貴女の頑張りへの評価なのですからね。わたくしも心の中で彼女に対して拍手を送るのでした。

それから数日後、貴族籍を剥奪されたわたくしは親にも勘当されてしまい、修道院に入ることになりました。

馬車に乗り、修道院へと向かいます。

この後長い人生、ひたすら修道院で暮らすことになるのでしょうか？

でも、女神サリアは言いました。断罪されたわたくしは死ぬことになる――と。

それはどういうことでしょう？

そんな疑問を抱いている最中、突然の落石が馬車に直撃し、わたくしはあっさりと命を落としましたの。

そして――

「――え？」

また、目覚めました。

今度はフェアリア＝ルルイザ＝ホルムント侯爵令嬢として……。

※

生まれ変わります。

わたくしは何度も何度も……。

新しい人生のたびにわたくしは救うべき娘に出会い、その子の為に苛めを行いました。

やることは毎回同じです。嫌な噂を流したり、背中を突き飛ばしたり、大事なものを壊したり――そんな嫌がらせを幾度となく繰り返しました。

そのたびに、相手の子達は苦しみ、涙を流しました。

正直それは本当に辛かったです。

苛めのやり方は自分でも驚くくらい、どんどん洗練されていきました。多分慣れというものでしょうね。でも、心に感じる痛みだけは、何度やっても慣れることはできませんでしたし、消すこともできませんでした。

舞台を演じるような気分ですれば――と考えたこともあります。でも、舞台と思うには相手の反応はあまりにも生々しく、生きたものでした。当たり前です。生身の人間なのですから……。

だから痛みに慣れることなんかできるわけがなかったのです。

いいえ、それどころか、繰り返せば繰り返すほど、感じてしまう痛みもどんどん大きなものになっていきました。

見たくない。もう、苦しむ姿を見たくはない――そんな想いばかりが膨れ上がっていきます。しかし、わたくしは苛めを続けなければならない。だってこれは、わたくし自身だけではなく、リーナの魂を救うことにも繋がるのですから……。

リーナの為に……。

そんな想いでひたすら苦しい行為を続けました。

だからでしょうか？

「フェアリア――僕はキミを断罪する！」

「お前の罪は許されない！」

「キミに……貴族の資格はない」

わたくしは自分が断罪される瞬間が気がつけば好きになっていました。

ただ、その後訪れる死は、あまり慣れることができませんでしたが……。

死ぬ瞬間って、結構痛くて苦しかったりするんですよね。特に絞殺系はやめていただきたいところです。できるなら即死させていただきたいですね。

そんな繰り返し人生の基本は、いつも似たような境遇からのスタートでした。貴族がいる社会で、わたくしは高位貴族（ほぼ公爵家の出です）。その上、生まれ変わるとその世界の知識が頭の中に流れ込んできます。お陰で新しい人生に対する戸惑いを感じるようなことはほぼありませんでした。

でも、時には例外があります。

それが、四〇回目の転生時のことでした。


「な……なんですのこの世界？」

生まれ変わった先は、日本と呼ばれる国でした。

財産の差は存在しているけれど、貴族と呼ばれる身分がほぼほぼ存在せず、魔法もない世界です（でも、こんな世界でもわたくしの魔力は健在でした。魔力は魂に宿るといわれています。生まれ変わっても根本の魂は変わっていない。それ故に魔力は引き継がれているのでしょう）。

この世界の知識も当然頭の中に入って来るので、世界の常識などはすぐに覚えることができました。

ただ、それでも、知っているのと実際見るのとではまるで違います。

わたくし――フェアリア＝リザロント＝西ノ宮が住む、高層タワーマンション最上階の部屋から見る世界の光景は、呆然と立ち尽くすには十分すぎるほどのものでしたわ。

幾つも立ち並ぶ高層ビル。街中を走る車の数々。空を飛ぶ飛行機――魔法がない世界なのに、まるで魔法の世界に飛び込んでしまったような気分になりましたわ。

そんなこれまでとは違う異質な世界において、わたくしが最も興味をそそられたのは小説や漫画でしたわ。

その中でも特にわたくしが興味を引かれたのは、悪役令嬢モノというジャンルでした。

この世界に生きる極普通の女の子が、ゲームの世界に転生する。

主人公が健気に頑張って、王子などを始めとした身分が高い――いえ、身分が低かったとしても顔が良い男性達にモテまくるというゲームの世界に……。

ただし、主人公に生まれ変わるわけではありません。生まれ変わる先は、主人公を苛める悪役令嬢です。主人公に嫉妬して嫌がらせをする悪役令嬢。でも、そんな性格のせいで本当に振り向いて欲しい相手には振り向いてもらえない。結果、罪を断罪されることになる。

そんな悪役令嬢に転生してしまった女の子は、来るべき断罪を避ける為に色々奮闘し、結果、まるで主人公のように皆に好かれていく――というのが悪役令嬢モノの基本といえば基本ですわね。

転生に、悪役令嬢――まさにわたくしですわ。

でも、やっぱりわたくしとは違う。

だってわたくしは断罪を避けることができない。というよりも、自分から断罪に向かって悪を繰り返していく。

羨ましいですわね。

心の底からそう思いました。わたくしもこんな風に皆に好かれたい――そんなことを考えてしまいます。でも、わたくしは罪人ですからそれは許されません。

「なんですのこれ？　奨学金をもらう貧乏人の分際で、使っているのは最上位モデルのスマホなんて……。少し無茶しすぎなんじゃありませんの？」

今回の救済対象である角川梨菜《かどかわりな》のスマホを奪い取ります。

「か……返してください！　それは母さんが頑張っていい学校に入れたからそのお祝いにって買ってくれたものなんです！　だから返して！」

梨菜は必死な表情でわたくしに訴えてきます。

「……いいですわよ。ほら……」

彼女の訴えに応えるように、わたくしは持っていたスマホを手放しました。カツンッと地面に落ちます。それを――

「あ、ごめんなさい。足が滑りましたわ」

そう言って思いっきり踏みつけましたの。

「あ……あぁあああ……」

梨菜が呆然とした表情を浮かべます。

その顔だけでわたくしまで泣きそうになってしまいましたわ。それくらい梨菜の表情は痛々しいものでした。

でも、そんな姿を見て、学園理事長の娘であり、生徒会副会長であるわたくしの取り巻き達は楽しそうに笑い出します。

「分不相応なものを持ってるからこういうことになるのよ」

「ほんそれ！」

「だいたいあんたみたいな貧乏人がプロ使用のスマホって、あんたさぁ、なんのプロなわけ？　あんたみたいなのは永遠のド素人でしょ！」

ゲラゲラと笑います。

みんなそれなりの家の出ですのに、結構笑い方は下品です。この世界のこういうところ、本当に新鮮に感じますわ。

なんてことを少しだけ考えつつ、やっぱりわたくしは悪役令嬢転生モノの主人公にはなれないと思ってしまいました。転生した主人公は普通こんな酷いことしませんものね。中には積極的に悪役に徹しようとする内容のものもありましたけど、嫌われようとして逆に好かれるなんてモノばかり。真の悪役令嬢にはなれていませんわ。

それに引き換えわたくしは、何度生まれ変わっても世界の悪役。

これはそう……ホント、言うなればプロですわね。悪役令嬢のプロ。

ふふ、悪役令嬢プロか……。

思わず笑います。

でも、普通の笑みじゃありません。

わたくしはプロですからね……。

涙を流す梨菜を嘲笑うような、どこまでも意地の悪い笑みを浮かべてみせましたの……。

そしてこの世界でも――

「姉さん……貴女に学園にいる資格はない。貴女には出ていってもらいます！」

今回のヒーロー役であるわたくしの弟に梨菜を苛めた罪を裁かれ、学園を追い出されることとなりましたの。

その上で、呆然と街を歩いていたところを通り魔に襲われ、わたくしはまた命を落としました……。

それからも何度も生まれ変わり続け、苛め続け、断罪され続け、命を落とし続けました。悪役令嬢のプロとして。

そうしてわたくしは九八回の人生を終え、ついに九九回目――最後の転生を果たしましたの……。

「さぁ、これで九九回目です。ついにこのときがやってきました。これまでしてきた九八回の悪役令嬢生活の総決算です。プロとして、しっかり悪役をやり遂げて……そして――」

死にましょう。

わたくしが犯してしまった罪を償う為に……。

「今生が最後です。この生が終わったら……リーナ……共に……」

七章　わたくしが苛める最後の相手

こういう始まりは久しぶりですわね。

などということを考えながらわたくし――フェアリア＝レグラント＝ブーゲンビリア＝ガルナックは教室内に用意された座席に座っていました。

教室――そう、今生の生活の場は、貴族子弟を育成する為の学園です。今回で九九回目の人生ですから、当然今までも何度だってこういう学園生活パターンはありましたわ。けれど、ここ二〇回ほどはなかったパターンでもあります。

皆で学園寮にて生活する――救済すべき相手（もっと悪役令嬢モノらしい言い方をすればヒロインですわね）を苛めるというわたくしの目的を果たすには一番やりやすいパターンではあります。

けれど、正直なことを言わせていただきますと、目的達成はしやすいけれど、わたくしはこのパターンが苦手というよりも嫌いでした。

理由は単純です。

他のパターンのときよりもリーナのことを思い出してしまうことが多いからですわ。

リーナが死んでからわたくしも数え切れないほどの人生を歩んできました。幾度も命を落としてきました。それでも、彼女のことを忘れたことは一度だってありません。それどころか、人生を繰り返せば繰り返すほどに、わたくしの中でのあの子の存在は、どんどん大きくなってきていました。

　もうすぐ終わる。もうすぐリーナの魂を救える——という想いのせいかも知れません。

　そうです。終わるんです。今生ですべてが……。

　だから辛さにだって耐えなければなりません。最後の一回ですべてを台無しにするわけにはいきませんからね。

「おはようございます姫殿下」

　そんなわたくしに教室に入ってきた多くの生徒達が挨拶をしてきます。

　何度も生まれ変わってきましたが、実をいうと王族に生まれ変わるのは今回が初めてのことです。なので殿下と呼ばれることに少しむず痒さを感じてしまいました。

「おはよう」

　しかし、そうした動揺は決して表には出さず、わたくしは優雅に挨拶を返します。その上で、声をかけてきたすべての貴族達を観察しました。この中にヒロインがいるかも知れませんからね。

というワケで一人一人まじまじ見させていただいたのですが、それらしい人は一人もおりませんでした。もしかして違うクラスなのでしょうか?

「あ……危なかったぁあ……」

そんなとき、一人の女生徒が遅れて教室に飛び込んできました。

「初日から……遅刻するところでしたぁ……」

女生徒は身体をくの字に曲げ、膝に手を置いた状態ではぁはぁと息を吐きます。余程急いで来たのか、じっとりと肌が汗で濡れていました。何げなくわたくしはそんな彼女へと視線を向けます。

そして、思わず、瞳孔まで開いてしまうのではないかと思うほどに、わたくしは瞳を大きく見開きました。

ゆっくりと女生徒が顔を上げます。

ロングストレートの黒髪が美しい少女。瞳は丸みを帯びていて、頬はふっくらとしています。綺麗というより可愛らしいたぬき顔……。

「……嘘」

わたくしは思わずポツリッと呟いてしまいました。

だって、だって、だって……。

彼女のその顔立ちは、リーナと瓜二つだったのですから……。

そして、そんな彼女こそが、今生でわたくしが苛め、苦しめなければならないヒロインだったのですから……。

「えっと……なんでしょう？」

学園制服に身を包んだその女生徒がわたくしの視線に気付いて首を傾げます。

「なんでしょう？　無礼だろ！　この御方は我らがガルナック帝国第一皇女フェアリア＝レグラント＝ブーゲンビリア＝ガルナック様だぞ‼」

わたくしを取り巻いていた貴族男子の一人が朗々と告げます。

「あ……これは……申し訳ありません」

それを聞いた女生徒は慌てるような素振りを見せると――

「私は……その……リーナと申します」

その名を名乗りましたの。

「リーナ＝シュルバーナ――シュルバーナ男爵の一人娘です」

リーナと……。

あの、わたくしにとって最も大切な存在であるリーナと、まったく同じ名を……。

わたくしの頭は一瞬で真っ白になってしまいました。何も考えられなくなってしまいます。これは夢なのではないか？　そんなことさえ考えてしまう自分がいましたわ。

呆然と見つめ続けてしまいます。

「えっと……あの、何か？」

するとリーナは戸惑うような表情を浮かべました。

「な……何かとは何ですか！」

「それが皇女殿下に対する口の利き方かっ‼」

途端に取り巻き貴族達が一斉にリーナを責め立てます。

色々な人生を送ってきました。人生のたびに似ているけれど違う世界を生きてきました。常識や礼儀というのはその世界ごとに違います。今生において身分というものはかなり大きな比重を占めるものでした。

まぁそれも当然といえば当然のことなのかも知れません。

何しろ今生におけるわたくしの父――つまり、ガルナック帝国皇帝ドルアーガ＝レグラント＝ウォルフ＝ガルナックは本来皇帝の地位になど付けない立場の人間だったのですから……。

元々父はこの国の一低級貴族軍人に過ぎませんでした。けれど、対外戦争において多くの武功を上げることで瞬く間に出世。国内で最も力を持つ存在となったのです。そしてそれだけの力を得た父は当時の皇帝に対し反旗を翻し、皇族を排除。自分自身がガルナック皇帝の立場についたのです。

そんなバックボーンがあるからこそ、父は身分というモノに強く拘るようになりました。低い身分の者が出世できる国。だからこそ自分自身は頂点に立てた。けれど、それはつまり、今の地位を脅かす者が出現するかも知れないということも意味しているから……。

故に、低い身分の者が高貴な者に失礼な態度を取ることは許されないのです。

「も……申し訳ありません」

慌てた様子でリーナは深々頭を下げてきます。

そんなやり取りのお陰でわたくしは少し冷静な思考を取り戻すことができました。

ただ、それでも、思わず反射的に「別にいいのですよ」と声をかけそうになってしまいます。

リーナに優しく接したいと思ってしまいます。

ですが、それは駄目です。優しくするわけにはいきません。

だってリーナはヒロインなのですから……。

わたくしのすべきことはヒロインに対する苛め。ここでその手を緩めてしまったら、これまでなんの為に九八回もの人生を過ごしてきたのかが分からなくなってしまいます。

ですから――

「……これだから身分卑しき者は……はぁ……」

これまで培ってきたプロ悪役令嬢の誇りを奮い立たせ、大袈裟にリーナに対してため息をついてみせましたの。

「す……すみません……」

そんなわたくしの言葉にリーナは縮こまります。

その姿にわたくしの胸は、これまで以上に強く痛みました。

神様――女神サリア様、これが最後の試練なのですか？　だとしたらあまりに辛すぎます。流石に酷いです。

でも、だけど……。

わたくしが犯した罪はそれほどに重いということですのよね？

だったら、頑張ります。

リーナの為に、リーナを……苛め抜いてみせますわ。悪役令嬢プロとして！

※

というワケでリーナに対する苛め、嫌がらせをわたくしは開始致しました。その方法はこれまでと変わりはありません。今までの経験を生かし、まずは悪い噂を流します。実は私生児だとか、爵位は金で買ったものらしいとか、色々な男と関係を持っているとか、そんな話です。滅茶苦茶な話で、リーナを知っている人間だったらすぐに嘘だと分かるような内容でしょう。けれど、真偽など正直どうでもいいのです。

大事なのはそんな噂が流れているということなのですから。

その上で直接的な嫌がらせも行います。背中を押したり、足を引っかけたりして、リーナを転ばせ、その姿を笑います。

はっきり言って子供じみた行為です。

でも、こういうのがわたくし達のような学校に通う年齢の淑女には大きなダメージとなるのです。わたくしはこれまでの経験によってそういうことをよく知っていました。何しろわたくしはプロですからね。

その上、わたくしには皇女という地位があります。帝国においてわたくしより身分が上の存在はいません。それが故にわたくしの行動を責めるような人間は一人としていませんでした。それどころか積極的にわたくしの行動に皆さん加担してくれます。わたくしの知らないところでも、リーナに対する嫌がらせが行われ始めました。

まぁ、これもいつものことといえばいつものことです。

自分だけではなく周囲の者にも行動させる。プロの仕事ですわね。慣れたものです。

それなのに――

「ちょっと……聞きたいことがあるのだけど、よくて？」

ある日、何となく学校敷地内を一人（取り巻きのご令嬢方がついてこようとしましたが、遠慮させました。わたくしがそうさせているとはいえ、嬉々として苛めを行うような者達と常に共に行動などしたくはありませんから）で散歩していると、どこか意地が悪そうな声が聞こえてきました。

一体何だろうかとそちらへと向かいます。

すると、あまり人目につかない中庭の繁みの中にて、数人のご令嬢がリーナを取り囲んでいました。

「貴女最近、ロゼリオ様と仲がいいって話を聞いたのだけど……本当に？」

令嬢の一人――侯爵家の娘であるレゼがリーナにそのようなことを尋ねます。

「別に仲がいいなんてことは……。ただその、時々話をしているだけです」

問いにリーナは答えます。

「なるほどね。でも、貴女、分かってるわけ？　ロゼリオ様は姫殿下の婚約者なのよ」

レゼは鋭い目でリーナを睨みました。

ロゼリオ＝ラ＝クルシュバーナ――クルシュバーナ公爵家の一人息子です。帝国において皇帝に次ぐ権威の持ち主ですわね。故に、わたくしの婚約者として今生のお父様が選んだ相手です。

お父様は低級貴族出身、故に皇室の血筋を下に見ている貴族達の数は多いですからね。その辺を黙らせる為の婚約というわけですわね。

金髪碧眼《へきがん》で整った顔立ち。多分、帝国内においてロゼリオ様ほど端整な貴公子という表現が合う男性はいないでしょう。当然女性達にもよくモテました。まぁわたくしは男を見ても別に心が揺れることはありませんがね。わたくしにはリーナだけですから。

と、そこまで考えたところで、少し胸がざわつきました。

リーナとロゼリオ様の仲がいい？

改めてレゼが口にした言葉を心の中で反芻《はんすう》します。

リーナは否定しましたが、多分それは本当のことなのでしょう。

わたくしが苛め、嫌がらせを行った。それによってリーナは傷ついた。でも、彼女の心は折れない。ヒロイン達はいつも強い心を持っていますからね。

そうした強く気高い女性を、男性は好きになるようです。特に同じように強い心を持っている男性は……。

わたくしの苛めによって、ロゼリオ様はリーナの魅力に気付いたのでしょう。

だから近づいた。

ただ、少し妙ですね。

これまでだったらヒロインとヒーロー（大概の人生においてわたくしの婚約者でした）が近づくと、いつも魔力でその映像を観ることができたのですが、今回はそれがありませんでした。だからわたくしはまだリーナはヒーローに出会っていないと思っていたのですが、どうやらそれは間違っていたようです。

しかし、相手はロゼリオ様ですか……。

何となくわたくしは頭の中でリーナがロゼリオ様と一緒に並んでいる姿を想像してしまいます。

うっ……。

途端に気持ち悪さを感じてしまいました。

胸がなんだかざわつき、落ち着かない気分になってしまいます。

これまでも苛めてきたヒロインとヒーローが共に並んでいる姿を何度となく見てきました。しかし、こんな気分になるのは初めてのことです。リーナの隣にロゼリオ様が立っていることに、耐え難いほどの嫌悪感を覚えてしまう自分がいました。

何故こんなことを考えてしまうのでしょうか――いいえ、理由は簡単ですね。

リーナがリーナと同じ顔をしているからです。わたくしのすべての人生の中で、最も大事で大切なあの子と……。

リーナがわたくし以外と並んでいる姿を見たくはありません。

「婚約者が自分以外の女と一緒にいるところを見たら、姫殿下がどれだけ悲しむか……。貴女にはそれが想像できませんの？　少し魔法が得意だからって調子に乗りすぎなんじゃありませんの？」

ネチネチとした言葉をレゼが向けます。

そうですわ。その通り。わたくしはそのような光景は絶対に見たくありませんわ。だから……だから……頑張りなさいレゼ！

これまでの人生でわたくしは自分の取り巻きに、何度もヒロインに対する嫌がらせを行わせてきました。直接命令は下しません。でも、何を口にすれば取り巻きが嫌がらせに動くのかということは、経験によって学んでいました。プロとしての知識を使って、苛めに加担させていたのです。

でも、わたくしの思い通りに動いてくれているその姿を見ても、一度として「うんうん、それでいいのですわ」みたいなことを考えたことはありませんでした。自分がさせているというのに、軽蔑のような感情だって抱いていましたわ（それ以上にそんなことをさせなければならない自分への嫌悪感の方が大きかったですけどね……)。

それにレゼの場合、わたくしのことは抜きにしてかなりリーナに対する私怨も混ざっていました。

レゼは侯爵令嬢。それに対し、リーナは男爵令嬢です。爵位も家柄もレゼの方が遥かに上です。しかし、学園において、特に魔法学において、レゼはリーナにかなり遅れを取っていました。というより、魔法学でリーナより上の生徒は存在していませんでした。

レゼの家は魔法学の権威です。それなのにたかが男爵令嬢に成績で負けている。それが許せなかったのでしょう。レゼのリーナに対するあたりの強さは、他の令嬢達とは比べものにならないほどにきついものでした。

そのような私怨で苛めを行うなんて、唾棄すべきことです。

それなのに、今回はレゼの苛めを応援してしまっている自分がいました。

それほどまでにリーナとロゼリオ様の関係をわたくしは見たくないらしいです。

「だいたい、姫殿下のことがなかったとしても、公爵家の跡継ぎであるロゼリオ様に貴女のようなたかが男爵家の娘が近づくことなどあってはならないことです。それくらい、卑しい身分の貴女でも分かるでしょう?」

レゼの嫌味は続きます。周囲の取り巻き令嬢達が「その通り」「身分を考えなさい」その言葉に同意しました。

「私だってそれくらいは弁えています。身分卑しい者じゃない。私だって貴族なんです。だからそれくらい分かります」

そんな彼女達をリーナは真っ直ぐ見返しました。

貴族としての誇りを感じさせる表情です。

その表情にわたくしの胸はドキッと高鳴りました。

レゼ達もどこか気圧されるような表情を浮かべます。

「……っ！　たかが男爵家の者が、この私に言い返すなんて」

しかし、圧されたのは一瞬だけでした。すぐにレゼは表情を怒りの色に染めると——

「水よっ！」

という言葉と共に魔力を発動させました。

途端にバケツをひっくり返したかのような多量の水がリーナへと降り注ぎました。

「きゃあああっ」

いきなりのことにリーナはビショビショに濡れた状態で悲鳴を上げます。

「いい気味です。身分を弁えないからそういうことになるのよ。これに懲りたらもう二度と口答えなんかしないでちょうだいね。あと、ロゼリオ様に近づくのも禁止よ」

酷い有様のリーナを見て、レゼは嬉しそうに笑うと、そんな言葉を残してこの場を立ち去っていきました。

この場にはビショビショに濡れたリーナだけが残されます。しかも、水をかけられた際にリーナは転んで足も痛めてしまった様子でした。かなり痛々しい姿です。

とても見ていられませんわ。せめて水くらいは拭ってやりたい。

そんなときです、こちらに近づいてくる足音が聞こえました。そちらへと視線を向けると、足音の主は金髪碧眼の貴公子——ロゼリオ様でした。

ヒーローとヒロインは惹かれ合う。ヒロインの身に何かが起きるとき、ヒーローは必ずその近くにいる——これまでの経験によって学んだ法則です。今回もその通りになっているようですね。多分このまま黙っていればロゼリオ様は間違いなくリーナに気付くでしょう。そして濡れた彼女を助け、甘く優しい言葉を投げかけるのです。

これまでも何度となく見てきた光景ですね。

でも、だけど……。

今回は見たくないと思ってしまいました。

だからでしょうか？　気がつけばわたくしは無意識の内に魔法を発動させていました。

認識阻害の魔法です。これによりロゼリオ様はリーナに気付くことはできなくなりました。

って、わたくしは一体何をしているのですか？　このようなこと……。

これでは誰も濡れているリーナを助けられないではないですか……。

今回が九九回目、最後なのですよ。それなのに、いきなりこれまでのセオリーとは違うことをしてしまうなんて……。プロとしてどうなんですかね？

自分自身に文句を言います。

ですが、そんなことをしていても事態は変えられません。大事なのはリーナをどうするかです。あんな酷い目に遭ったのです。誰かが助けてやらないと可哀想ではありませんか。

しかし、ロゼリオ様にそれはできない。いえ、ロゼリオ様だけじゃない。誰もしばらくの間はリーナには気付けません。

となると、彼女を救えるのは……。

まったく、仕方ありませんね。

チッと淑女にはあるまじき舌打ちをすると、わたくしは自分自身に魔法を発動させました。幻惑の魔法です。これでよし。これでリーナにはわたくしの姿はロゼリオ様に見えるはずです。

うんっと、頷くと、わたくしは「大丈夫？」と必死にわたくしが思う貴公子っぽい台詞でリーナに話しかけました。

「――え？」

リーナがわたくしを見ます。驚いたような様子でポカンッと口を開けました。そのままジッとわたくしを見つめてきます。まるで言葉を忘れたかのようです。

これはつまり、ロゼリオ様に見とれているということでしょうか？　なんだかそれは気に入りません。

ですが、気に入らないからといって放置はできません。

「……これを使って」

わたくしは魔法を発動させると、異空間からバスタオルを取り出しました。これは空間収納の魔法。何かあったときの為に、必要そうなものはすべて異空間にこうして収納しているのです。

因みにかなり高度な魔法ではあるのですが、わたくしの魔力は生まれ変わるたびにどんどん上がっていましたので、こういう魔法もいつしか使えるようになっていました。魔法学においてリーナはトップの成績ですが、実をいうと本気を出せば超えることは可能です。それくらいわたくしは魔法に精通していますのよ。ですが、敢《あ》えてリーナの後塵を拝する成績を取っています。

その方がリーナに対する苛めの動機に生々しさが増しますからね。

と、話が逸れてしまいましたね。

「ほら、受け取って」

更にタオルを突き出してみせます。

けれど、リーナはそれを手に取ろうとはしません。

差し出されたタオルをポカンとしたまま見つめています。

ここまで行動力が鈍くなるほどにロゼリオ様が好きなのでしょうか？　そう考えるとなんだか腹まで立ってきてしまいます。

しかし、そうした不快感は必死に抑え込み「どうかした？」と尋ねます。

するとリーナは「へ？　あ、なんでもありません。その……あ、ありがとうございます。ろ、ロゼリオ……様……」と口にし、タオルを受け取ってくれました。それで濡れた身体や、制服を拭き始めます。

ただ、その程度ですべての水を取り去ることは不可能です。

「制服も着替えた方が良さそうですわね……じゃなくて、良さそうだな」

危ない危ない。ボロを出してしまうところでしたわ。

ちょっと焦りつつ、わたくしは改めて空間収納魔法を使い、女子用の制服を取り出しました。自分の予備のものです。

「これに着替えるんだ」

リーナに制服を差し出します。

「へ？　あ……え？」

途端にリーナはこれまで以上に驚いたような様子で瞳を見開きました。

このリアクション、少し驚きすぎなのでは？　と、わたくしは思ったのですが——

「——あっ！」

そこで気がつきました。

リーナは今、わたくしをロゼリオ様として認識しています。男子生徒です。全校の女子が憧れている学園の貴公子です。

そんなロゼリオ様が女子用の制服を差し出す——どう考えてもおかしいです。なんで男子であるロゼリオ様が女子制服を持っているのか？　変質者と思われても文句が言えない状況です。

いえ、でも、それはそれで悪くないのでは？　リーナの中でのロゼリオ様の評価が落ちるというのは、少し小気味がいい気もします。

って、駄目駄目！　駄目です！　何を考えているのですか！

これまでの経験上、今回のヒーロー役はどう考えてもロゼリオ様です。ヒロインの中でのヒーローの評価を下げるなんて、プロとしてあるまじき行為ですよ！

　わたくしは必死に自分に言い聞かせ、そう言えばロゼリオ様には姉がいたと思い出しました。

「その、これは姉上の予備のものなんだ。ご覧の通りわたくし――じゃなくて私は空間収納の魔法を使うことができるからね。だからこうしていざという時の為にしまっているんだよ。だから……その、遠慮なく使ってくれ」

　結構言い訳としては上手いような気がします（まぁ、ロゼリオ様の姉君が弟に制服の予備を持たせるちょっと変な人にはなってしまいましたが……）。けれど、これならすんなり受け入れられるでしょう？　そうですよね？

　願いを込めてわたくしはリーナを見つめました。

「えっと、その……ありがとうございます」

　受け取ってくれました。

　よかったぁ……。

　わたくしは心の底からホッとしました。

「えっと、それじゃあ……」

　そんなわたくしの目の前で、リーナは躊躇なく身に着けている制服を脱ぎ捨てようとします。

「ちょっ！　ちょちょちょ、ちょっと！」

正直焦りました。思わず声を上げてしまいます。

「え？　あ……あああっ！　その、すみません」

状況に気付いたのか、リーナは顔を真っ赤にしました。

これ、わたくし――ロゼリオ様が見ているのに、リーナは着替えようとしましたよね？

それってつまり、ロゼリオ様には見られてもいいと考えているということでしょうか？

いえ、だとしたらこんなに動揺するのはおかしいです。見られていいと言うよりも、ロゼリオ様が近くにいることを自然に感じていたと考える方が正しい気がします。つまり、リーナにとってはロゼリオ様と二人きりというのは当然のことなのでしょうか？

ああ、なんか、胸がザワザワモヤモヤしてしまいますよ。

「えっと、後ろ……向いていてもらっていいですか？」

そんなわたくしにリーナは顔を赤く染めたまま伝えてきます。

「あ……も、もちろん」

わたくしはクルリッとリーナに背中を向けました。

それからしばらくして、リーナが着替える衣擦れ音が響き始めました。

着替えています。リーナがわたくしの後ろで、肌を晒しています。

なんだか胸がとてもドキドキ高鳴っています。とても落ち着かない気分になってしまいます。息苦しさのようなものも感じ、吐き出す吐息が「はぁはぁ」と荒いものになってもいました。

想像してしまいます。リーナの白い肌を、可愛らしい乳房を……。

わたくしは最初の人生において、リーナに対して酷い辱めを行ってしまいました。だけど、生まれたままの姿は見ていません。

今、あのときでも見ることができなかった姿のリーナがすぐそこにいる。

振り返りたい――そう思ってしまいました。リーナの肌を見たい。胸を、下半身を、この眼に焼き付けてしまいたい。

見てしまっていいのでは？

だって今のわたくしはロゼリオ様。見たところで評判が落ちるのはロゼリオ様なのです。って、そんな卑劣なことを考えては駄目です！　いけません！　バカっ！　わたくしのバカバカ！　変態っ！

必死に自分を罵ることで、わき上がってくる欲求になんとか抗いました。

「えっと、もう、大丈夫です」

やがて着替えが終わります。

振り返ると、制服姿のリーナがこちらを見ていました。

はぁ……。残念です……。

わたくしはガッカリしてしまいます。

って、なんで落ち込まないといけないのですか！　違います！　わたくしはそんな、肌を見ることができなかったことを悲しむような変態ではありません。わたくしは淑女です！

「あの、大丈夫ですか？」

わたくしの動揺が伝わったのでしょうか？　リーナが心配そうな視線を向けてきます。

向けられる宝石のような瞳――その目で見られていると、それだけでより胸が激しく高鳴ってしまいます。なんだか自分が自分じゃなくなっていくような気がしてしまいます。

「へ？　あ、大丈夫。なんの問題もないさ。それより、足の方はどうだ？」

わたくしは焦りを誤魔化すようにリーナの捻《ひね》った足を見ます。少し赤く腫れていました。

ここで回復魔法を使えればいいのですが、生憎《あいにく》この世界には癒やしの魔法は存在していません。色々な世界を渡り歩き、様々な魔法などを見てきたわたくしですが、世界に存在しない魔法は使うことができないのです。たとえ前の世界で使用することができていたとしてもです。

なのでわたくしは空間収納魔法で今度は包帯を取り出すと、リーナの足をガチガチに固めました。

「これでどうかな？」

「あ……はい……そのありがとうございます」

うん、これで問題はなさそうですね。

さて、この後はどうするべきでしょう？

少しだけ気まずい沈黙が流れます。

「えっと……その……」

静けさを破ったのはリーナの方でした。何かをわたくしに言おうとしています。

わたくしはそんな彼女に対して慌てて――

「あと……その、えっと……そうだ。その制服、返す必要はないから……。それじゃあその……また」

そう告げると「え？　あ、ちょっと待ってください！」というリーナの言葉を振り切り、逃げるようにこの場を後にしました。

普段の自分からは想像もできないほどの全力ダッシュで学校敷地内を走ります。淑女とは思えない姿です。でも、日本の生活を経験したお陰か、抵抗はあまり感じませんでした。

「ふぅ……ここまで来れば」

だいぶ離れることができました。

わたくしはホッと息を吐きます。

「……ロゼリオ様！」

そんなとき、突然声をかけられました。

声をかけてきたのはロゼリオ様の取り巻きである貴族です。確かロイとかいう名前だった気がします。

しかし、ロゼリオ様？

ああ！　まだ幻惑の魔法の効果が残っていますね。ロイ様にはわたくしが自分の主人に見えているのでしょう。すぐに魔法を解除しなければなりませんね。とはいえ、見られている状況でそれは不味いでしょう。ここはロゼリオ様として対応するしかありません。

「なんだ？」

息を整え、気持ちを落ち着かせ、公爵として、貴公子として振る舞います。

そんなわたくしに対し、ロイ様は表情を引き締めると、キョロキョロと周囲を見回し、誰も近くにいないことを確認した上で――

「例の件についてお話が……」

深刻そうにそう口にしてきました。

「例の件？」

一体なんのことでしょう？　思わず首を傾げます。

そんなわたくしに対しロイ様は一言――

「皇位奪還計画についてです」

などという言葉を口にしてきました。

八章　わたくしはわたくし自身を止めることができませんでした

皇位奪還計画――どうやら現在帝国内では現皇帝であるわたくしのお父様に対する叛逆計画が水面下にて進行中のようです。

計画の立案者はギオラリオ＝ラ＝クルシュバーナ公爵――つまりロゼリオ様の父親です。まぁ彼の立場を考えれば当然のことなのかも知れません。何しろ現皇帝であるわたくしのお父様は、元々はギオラリオ様からすれば鼻くそのような（おっと、どうも日本に転生したときから、言葉遣いが乱れてしまっていますわ……）存在である低級貴族に過ぎませんでした。爵位は男爵、つまりリーナと同じですね。

そんな低位の貴族が至高の位に立った。しかも、私利私欲で……。

そう、お父様が前皇帝に反旗を翻した理由は、高い志があってとか、圧政を挫《くじ》く為とか、そんな立派なものではありません。本当に私利私欲でした。皇帝を倒せるだけの力があるから倒し、地位を奪った――大義名分などあったものではありません。最低です。

ただ、それでも、皇帝が変わることによって国が良くなるのならばまだよかった。ですが、そんなこともありませんでした。私利私欲で皇帝になった人間ですからね、善政など敷くわけがなかったということです。

父が皇帝になったことで国は乱れました。

民には重税が課せられ、貴族達は少しでも逆らう気配を見せようものなら容赦なく領地や爵位を奪われました。国の中には皇帝に対する怨嗟《えんさ》の声が充ち満ちていると言っても過言ではないでしょう。

ギオラリオ様やロゼリオ様のような、誇り高い貴族が皇帝排除の為に叛逆計画を立てるのも当たり前のことですわね。

そのような話をわたくしをロゼリオ様だと勘違いしたロイ様から聞いてしまったので、取り敢えずわたくしは自分が自由にできるお金だけは反乱軍に出資することに致しました。

わたくしの中には現皇帝が父親であるという記憶は存在しています。しかし、記憶があっても敬慕の念はありませんでした。それどころか寧ろ、わたくしの心の中には父に対する憎しみさえ存在していました。

父に親子として接された記憶がなかったから……。父である皇帝はわたくしを政治的な道具としか見ていませんでした。

父にとってわたくしは、国内で自分の立場を盤石にする為の人形でしかなかった。

そうしたわたくしの扱いを不満に思った母は、そのことで父に抗議をし、結果、反逆罪で処刑されてしまいました。

だからわたくしは父を恨んでいるのです。

父を追い落とせるのならば追い落として欲しい。その為だったらお金でもなんでも出します。わたくしが得られる範囲なら情報だって流しましょう。

でも、それはすべて匿名です。

だって皇帝の娘が仲間になると言ったところで、反乱軍の方々は信じないでしょうしね。がっつりと計画に関われば信じてもらえる自信はあります。が、そんなことをしている暇はわたくしにはありません。

わたくしの仕事はあくまでも悪役令嬢——リーナを苛め、断罪されることなのですから。


というワケでわたくしはリーナに対する嫌がらせをひたすら続けました。

毎日のように彼女を傷つけ続けました。

ですが、前に一度助けてしまったからでしょうか？　わたくしはただ傷ついて悲しんでいる彼女を見過ごすことができず、気がつけば苛めるたびにフォローするように魔法でロゼリオ様になりすまし——

「大丈夫？」

と、リーナを慰めることとなっていました。

ま、まぁ、問題がある行動ではないでしょう。

何しろリーナはわたくしをロゼリオ様と思っている。でもって、ロゼリオ様は今生でのヒーロー役です。リーナとロゼリオ様を接近させることは、断罪イベントに必要なことですからね。

実際、わたくしがなりすまさなくても、近くにロゼリオ様がいれば同じような行動を取ります。だから、二人の間に感情的な齟齬《そご》だって多分生まれないでしょう。

大丈夫。問題ありません――そう自分に言い聞かせながら、わたくしはプロとしてきっちり悪役令嬢を演じたのです。

「大丈夫です。これくらいで私は挫けたりなんかしませんから」

「それならいいが……。フェアリアは酷いな。一方的にキミを苛めるなんて、最低だよ」

プロとしてしっかり苛めをこなしています。だから絶対リーナだってわたくしを最低だと感じているはずです。それをロゼリオ様の姿で代弁することで、よりリーナの心に寄り添ってみせます。悪役令嬢として培ってきた経験があるからこそ、こういうことも可能なのです。フフンッ♪

「……それは……」

けれど、リーナはわたくしの言葉に頷くことなく、少しだけポカンとした表情を浮かべて、こちらを見てきました。

「どうかしたのか？」

「あ、いえ……その……。確かに色々されるのは辛いことです。でも、最低だなんて思っていません。きっとその……フェアリア様は私が立派な貴族になれるように敢えて厳しくしてくれているだけだと思っていますから。だから、大丈夫です。私はその想いに応えてみせます。男爵家の者でも、立派な貴族になれるんだってことをみんなに知らしめてみせます」

健気です。こういうところはこれまでのヒロイン達と――リーナとよく似ていますね。

ただ、わたくしへの評価が何故か高いところは問題です。

「フェアリアはそんなに立派な人間ではありませんわ……じゃなくて、ないぞ」

危ない。ボロが出るところでした。

「あいつは皇女として甘やかされて育ってきた。自分が一番。他の者は皆、自分に傅《かしず》くだけの召使いとしか見ていない。成長の為に敢えて厳しく――なんてことを考えられるような頭だってないぞ」

取り敢えず滅茶苦茶に貶めておきます。

そんなわたくしを、リーナはただ黙って見つめてきました。

「どうかしたのか？」

「いえ……その、なんでもないです。ただ、フェアリア様がそう考えていなくても、私はフェアリア様がされることを糧にしようと思ってます」

本当に強い子です。

「そうか……なら、私も応援させてもらおう」

「はいっ！」

うん、この調子ならすぐに断罪イベントが訪れるでしょう――なんてことを思えるやり取りでした。

しかし、事はわたくしの目論見《もくろみ》通りにはまったく進んでくれませんでした。

理由は単純、酷い苛めを受けているというのに、リーナが傷ついた様子を見せなかったからです。

耐えているというか、苛めなんかまるで気にしていないというか……。

どういうことでしょうか？　苛め始めた初期の頃はかなりきつそうでしたのに……。

ここ最近は学園内でも笑顔を浮かべることが多くなっているようにも感じます。まるで苛めなんかないかのような振る舞いです。

一体どうしてでしょうか？

わたくしには九八回にも及ぶ経験があります。それだけの回数、ヒロイン達を苛め、傷つけてきました。ヒロインが辛さを感じる嫌がらせ方法はきっちり頭の中に入っています。プロですからね！

その知識を総動員して嫌がらせしているのに……。

「フフ～ン♪　元気に育ってね」

今日もリーナは笑顔を浮かべて花畑に水をやったりしていました。

わけが分かりませんわ。

でも、だったら、これならどうですの？

わたくしは取り巻きの一人である令嬢に視線で指示を下します。彼女は分かりましたというようにコクリと頷くと、リーナに背後からソッと接近し、彼女の背中を容赦なく押しました。

「きゃあっ」

不意打ちです。抗うことなどできません。押されたリーナは見事に水をやっていた花の上に倒れることとなりました。綺麗な花畑もこれによってぐしゃぐしゃになります。

「あっ……」

リーナの表情に絶望の色が浮かびました。

「あら、ごめんなさい。貴女がしゃがみ込んでいるから見えませんでしたわ」

押した令嬢は悪びれる様子もなく笑顔でそう告げると、さっさと彼女を置いてこの場から立ち去っていきました。

一人残されたリーナはただただ呆然と花畑を見つめます。やがて眦からはポロポロと涙まで溢れ出しました。

かなり傷ついている様子です。これは効いたでしょう。

わたくしはその様を少し離れた場所から観察します。

すると、顔を上げたリーナがわたくしに気付きました。リーナはジッとわたくしを見つめてきます。

そんな彼女に対し、わたくしは敢えて笑ってみせました。自分の立場を弁えなさいと無言で訴えるように悪役令嬢スマイルです。何度も鏡を見て練習した渾身の悪顔ですわよ。

そんな笑みを残し、わたくしはリーナに背を向けると、この場を立ち去りました。

ですが、それは僅かな時間です。

すぐにわたくしはまた、この場に戻ってきました。

ただし、フェアリアとしてではありません。

魔法を使い、ロゼリオ様になりすましての接近です。

「大丈夫か？」

傷ついたリーナに話しかけます。

「え……ろ……ロゼリオ様……」

リーナは涙を拭って立ち上がりました。

そんな彼女の背後に広がる潰れた花々を見ます。

「また……フェアリアに嫌がらせを受けたのか？」

「え、あ……その……これは……」

なんと答えるべきか――迷うような表情をリーナは浮かべました。

「隠す必要なんかない。あいつの仕業なんだろ？」

実際その通り、わたくしの仕業です。

それなのに――

「違います。その……私がドジだったからいけないんです」

リーナは首を横に振りました。わたくしが悪いとは口にしません、自分が悪いとだけ言います。

「どうしてだ？　なんであんな女を庇う？」

意味が分からず、わたくしは真っ直ぐリーナを見つめて問いました。

それに対しリーナは困ったような表情を浮かべるだけで、結局答えを教えてはくれませんでした。

※

不味いです。

苛めを繰り返しているのに、リーナの心に深いダメージを与えるには至っていません。

今回が九九回目——最後の人生だというのに、これでは悪役令嬢としての仕事を全うすることができません。

何か方法はないでしょうか？

そのようなことを考えながら、わたくしは生徒寮の大浴場で一人湯に浸かっていました。

広い浴場ですが、この場にいるのはわたくしだけです。断罪イベントにて誰にも庇われないようにする為に、我が侭《わがまま》皇女として認識してもらう必要があります。そこでわたくしは大浴場を一人で使うということを思いついたのです。わたくしが入る時間は他の者にここは使わせない。結構我が侭ポイントが高い行動ですよね。

しっかし、日本時代に嵌《は》まってしまいましたが、湯船に浸かるというのは本当に最高ですね。これほど気持ちいいことはありません。

「はぁあああ……」

湯に浸かりながら天井を見つめ、大きく息を吐きます。

リーナにダメージを与える方法を考えるのは、出た後でもいいですね。今だけは何も考えずに湯の温かさを堪能しましょう。

そんなことを考えながら、手で湯を掬《すく》って顔を洗いました。

そのときです。カララッという音が響き、浴室に彼女――リーナが入ってきたのは……。

「――ッッッ!?!?!?!?!?!?!?」

声にならない言葉を漏らしてしまいます。

生まれたままの姿のリーナを、わたくしは思いっきり目をカッぴらいて見つめてしまいました。

大きすぎることもなく、小さすぎることもない、丁度掌に収まりそうなくらいの丸みを帯びたお椀型の乳房。ぽよぽよとした印象を持たせるちょっと肉が余った腰回り。ムチッとした太股と、薄い陰毛に隠された秘部――抱き締めたらフワフワしていそうな印象の身体つきです。

上向き加減のちょっと大きめの（日本の基準だとDはありますね）胸に、キュッと引き締まった括《くび》れ、スラリと伸びる足に、プリッと張りのあるお尻――という自分で言うのも

なんですが、モデル体型であるわたくしと比べると、随分だらしがない身体つきではあります。けど、そういうところが愛嬌があるタヌキ顔のリーナらしいと感じました。はっきり言いますがとても可愛らしくて、その……エッチです……。

わたくしは呆然とリーナを見つめてしまいます。

わたくしの好きなリーナと名前だけではなく姿まで同じリーナ——最初の人生において、わたくしはリーナに酷いことをしてしまいましたが、こんな風に生まれたままの姿を見るのは初めてのことです。多分、身体つきだってまったく同じでしょう。

こんな身体だったのですね。

胸がドキドキと高鳴ってしまいます。

けれど、浴室に立ち込めている湯気のせいか、まだリーナはわたくしに気付いてはいません。

「へぇ、大浴場って初めて来たけど、思ってたよりずっと広い。部屋のお風呂が壊れちゃったから初めて来たけど……これならもっと早く来てもよかったかなぁ？」

ブツブツとリーナは呟きます。

ふむ、どうやら独り言が多いタイプみたいですね。

まぁ、基本リーナはわたくしのせいで孤立気味で、あまり学園内で誰かと会話しているようには見えませんからね。自然と独り言も多くなってしまうのかも知れません。はぁ、そう考えると本当に申し訳ない気分になってしまいますわ。

「これは……ここを使うように勧めてくれたレゼ様には感謝しないとかも……。でも、まさかお風呂が壊れて困ってた私に、レゼ様がアドバイスしてくれるなんて思ってもみなかったなぁ。嫌われてると思ってたし……」

本当によくしゃべりますわね。

そう言えば、わたくしが知っているあのリーナも、幼い頃一緒に遊んだときはべらべらよく話していました。姿だけではなくそういう点も似てるのだとしたら、会話というものに餓えているのかも知れませんわね。

実際、ロゼリオ様のフリをして近づくと、結構リーナの方から話しかけたりもしてきましたし……。

「でも、そう言えばなんで誰もいないんだろう？」

リーナは静まり返った大浴場を見て首を傾げます。

そして――

「え？　あ……嘘……」

丸々とした瞳を、より真ん丸に見開き、ポカンと口を開けました。

「ふぇ……フェアリア……様……？」

どうやらわたくしに気付いたようです。

こういう場合どう反応すべきでしょうか？　こっちもまるで想定外のことだったので結構驚いてしまいます。

ですが、驚きつつもわたくしは思考をフル回転させました。

リーナがここに来た理由は部屋のお風呂が壊れてしまい困っていたときに、レゼに勧められたから……。

ポイントはレゼということです。

レゼは学園内でも一番と言っていいレベルでリーナを嫌っています。それなのにアドバイスなんて変な話です。第一、今の時間はわたくしが貸し切りにしていると知って――ああ、なるほど。

そこでわたくしは気がつきました。

これはレゼによる策謀ですわね。

わたくしが貸し切りにしていることを知った上で、リーナをこの場に寄こした。リーナにわたくしの命令に背いたという罪を着せる為に……。

なかなかやりますわねレゼ。苛めの為なら主人も使う――実に陰湿ですわね。いじめっ子キャラの鑑のようですわ。

と、なると――わたくしがすべきことは一つですわね。

「……あら？　リーナ様？　何故ここに？」

わたくしは切れ長の瞳を細めてリーナをじろりと睨みました。

「え、あの……その……」

自分で言うのもなんですがわたくしは美人です。美人の怒り顔というのは結構迫力があって怖いものなのです。

実際、リーナはビクッと身体を震わせると、その場で硬直しました。

「今の時間、この大浴場はわたくしの貸し切り時間ですの。この時間帯に他の方がここに来ることをわたくしは許可していないのですが、貴女はそれを知らなかったのですか？」

大浴場を使うことも初めてということは、当然知らなかったのでしょう。それくらい分かります。分かった上で敢えてネチネチ尋ねます。とても悪役令嬢らしいでしょう？

「えっと、あの……も、申し訳ありません。知りませんでした。す、すぐに出ていきます」

慌ててこの場からリーナは逃げ出そうとします。

「駄目です」

けれど、わたくしはそんな彼女を引き留めました。

「――へ？」

「この場から立ち去る？　その程度でわたくしの――ガルナック皇女フェアリア＝レグラント＝ブーゲンビリア＝ガルナックの命に逆らった罪を消すことなどできませんわ。貴女には罰を与えなければなりません」

「ば……罰ですか？」

緊張顔でゴクッとリーナは息を呑みました。

「ええ、そう……罰ですわ」

頷きつつわたくしは必死に思考します。

こういう場合、どういう罰を与えるのが適当でしょうか？　一体何をさせるべきでしょうか？　必死に思考します。

ただ、上手く考えることができません。

だって、だって……わたくしが好きだったリーナと、まるで同じ姿で、性格だってよく似ている娘が、生まれたままの姿で目の前にいるのですよ。正直彼女の肢体から目を離すことができません。舐め回すような視線で見つめてしまいます。

白い肌。ピンク色の乳首。ピッチリと閉じた割れ目――生々しすぎます。

こんな姿……。

自然とわたくしの脳裏に昔の記憶が蘇ってきました。リーナを辱めてしまったときの記憶です。あのとき、リーナはわたくしの腕の中で喘いでいました。淫靡で可愛らしい声を響かせてくれました。わたくしの愛撫に合わせて感じ、身悶える姿——思い出すだけで胸が高鳴り、下腹がキュンと疼《うず》いてしまいます。自然と喉だって渇き、思わずゴクリと喉を鳴らしてしまいました。

あんな姿をもう一度見たい。悶え、感じる姿を見せて欲しい——そんなことを考えてしまいます。

でも、あのようなことをするのは流石に……。

悪役令嬢らしくありません。確かに悪役令嬢はヒロインに対して陰険な苛めを行う存在です。けれど、悪役令嬢自身がヒロインにエッチなことをする話なんて、見たことがありません。つまり、悪役令嬢セオリーには反する行為です。辱めるなんてプロ失格ということです。だから、あんなことはできません。してはならない。我慢するのです。

でも、だったら何を……。

あ、そうだっ！

そこでわたくしは一つの答えに辿り着きました。

「簡単なことです。罪を犯した分——わたくしに奉仕をなさい」

「ほ……奉仕ですか？」

わけが分からないといった様子でリーナは首を傾げます。

「こちらに来なさい。湯船に入るのです」

そんな彼女を湯の中へと呼びました。

「えっと……は、はい……」

訝《いぶか》しげな表情を浮かべつつも、リーナは湯の中に入ってきます。わたくしはそれを確認すると立ち上がり、浴槽の縁に腰を下ろしました。その上でリーナに対して足を開き——

「舐めなさい……」

と命じました。

って、えええええええっ⁉

何を？　わたくしは何を言ってるんですか⁉

辱めをするなんてプロ失格だから駄目。では、どうするかと考えた結果がこれですか？

あそこを舐めろって、変態ですかわたくしは⁉　あり得ない。あり得ません。こんな命令すぐに撤回すべきです。

「な……舐める……ですか？　本気……ですか？」

ほらほらほらっ！

リーナだって呆然としてますよ。こいつ正気か⁉ って絶対頭の中で思ってますよ。皇女様はド変態だった？ とか考えてますよ絶対に！ だから撤回撤回撤回！ 絶対撤回です！ でも、だけど……。

混乱しつつも目の前のリーナの裸を見ていると、更に胸が高鳴ってしまいます。艶やかなリーナの唇を見ていると、下腹が疼いてしまいます。

リーナが自分の前に跪いて、あそこに奉仕をする姿を想像すると、それだけでなんだか喜びのような感情まで抱いてしまう自分がいました。

だからでしょうか？

そう言えば日本時代、スマホやパソコンで色々エッチなものを見てしまいましたね。その中には悪の女幹部みたいなキャラが、正義のヒロインに奉仕させているというものもあったりしました。

だからきっと、十八禁の悪役令嬢モノがあれば、ヒロインに奉仕させるという場面があってもおかしくはないはずです。うん、なんかしっくり来る気もします。

――などということを考えてしまう自分がいました。

胸の高鳴りを抑えられません。身体中が熱く火照っていきます。なんだか夢を見ているような気分にさえなってしまいます。

そんな状態でわたくしはまともな思考もできなくなってしまい、気がつけば——

「早く始めなさい。わたくしの命令ですのよ」

改めて奉仕するように命じてしまっていました。

対するリーナはどうすべきか迷うような表情を浮かべます。

そりゃ当然ですわね。わたくしだってこんなこと命じられたら困惑しますわ。

それでも今更撤回なんてできません。わたくしには立場というものがあります。

だから動揺するような表情だって浮かべません。必死に混乱を抑え込み、余裕がある態度で「早くなさいな」というような視線でリーナを見つめ続けました。

「……わ、分かりました」

やがて抗いきれないと思ったのか、リーナはコクッと頷くと、浴槽縁に座るわたくしの前に跪《ひざまず》きました。

する。リーナがわたくしに奉仕を……。

またしてもゴクッと息を呑んでしまいます。これまで感じたこともないほど大きな緊張を覚えてしまいました。

穴があったら入りたい。顔から火が出そう——強烈な羞恥だって感じてしまいます。

けれど、奉仕を命じたのはわたくしの方です。恥ずかしさを必死に抑え込んだ上で、更に足を開いてみせます。

興奮しているせいでしょうか？　あそこはジンジンと疼いてしまっていました。割れ目も左右に開いてしまっています。ピンク色の柔肉が既に露わになっていました。いえ、それだけではありません。間違いなくあそこからは愛液を溢れ出してしまっていました。湯に浸かっていたお陰でぱっと見では分からないのがせめてもの救いです。

そんなわたくしのあそこを、リーナは呆然とした顔でまじまじと見つめてきました。

「こんなこと本当に？」

その上で、上目遣いでわたくしに問いかけてきます。

う、この顔……。

自分の前に跪いたリーナの上目遣い。これ、破壊的です。これまで以上に可愛らしく見えてしまいます。この子はリーナであってリーナではない——それは分かっていますが、膨れ上がってくる愛おしさを抑え込むことはできませんでした。だって、本当にリーナはリーナに似ているから……。本人としか思えないほどに……。

「もちろんですわ。わたくしは帝国皇女。誰もがわたくしの命令には従わなければならない。身をもってその事実を知りなさい」

ともすれば緩みそうになってしまう表情を必死に引き締め、命を下しました。

「分かり……ました」

重ねての命令に最早逆らうことはできないと思ったのでしょう。リーナはコクッと頷くと、ゆっくりとわたくしの秘部に唇を寄せてきました。

鼻息が、吐息があそこにかかります。なんだかこそばゆささえ感じてしまいます。

「はぁ……はぁ……」

自然と息も荒くなっていきました。

そんなわたくしの秘部に――

「んれっろ……」

リーナの舌が伸び、触れました。

「あんっ！」

クチュッと舌先と秘部が触れた途端、一瞬視界が白く染まるような刺激が走りました。電流でも流されたかのような感覚に、反射的にわたくしは甘い声を漏らし、全身をビクビクッと震わせてしまいます。

「あ……その……大丈夫ですか？」

わたくしのそうした反応に、リーナは慌てた様子で唇を離しました。

「はっふ……んふぅう……問題ありませんわ」

そう、問題などありません。だって、すごく気持ちがよかったから……。

ただほんの少し舌で触れられただけだというのに、わたくしが感じた愉悦は、自分でするのとは（自慰くらいしますわ。その、わたくしはエッチなことだってリーナにしてしまってるわけですし……）比べものにならないほどに大きなものでしたわ。

この感覚をもっと味わいたい——そうした想いがどうしようもないほどに膨れ上がってきます。

「続けなさい」

だから命令します。もっとわたくしを感じさせなさい——と。

「えっと……は、はい……」

頷くとリーナは改めてわたくしの秘部に唇を寄せてきました。

「んっちゅ……ふちゅっ……んっちゅれろお……」

舌を伸ばし、わたくしの花弁を舐めてきます。

「あっ……んんん！　そう、あっあっ……そうですわ！　はっふ……んふぅうう」

途端にわたくしの身体に再び愉悦が流れ込んできました。ほんの少し舌先でヒダヒダを舐められただけに過ぎませんが、全身が蕩けそうなほどに感じてしまいます。

「その調子でもっとですわ。もっと……ヒダヒダの一枚一枚を、丁寧に……丹念に……んんん……ほ、奉仕なさい……はっく、んふぅぅぅ」

　けれど、足りません。もっと強い快感をリーナの手で刻んで欲しいという欲求がどうしようもないほどに膨れ上がってきます。そうした想いを抑え込むことなんかできません。わき上がる想いのままにわたくしは命令を重ねました。

「……こんな感じでしょうか？」

　戸惑いつつもリーナは命に応えてくれます。

「んれっろ……ちゅれろっ……れろっれろっれろっれろっ……んれろお……」

　ぎこちなくはあるものの、必死に舌をくねらせて、ヒダヒダを命令通り丁寧に舐ってくれました。

「はふぅ……んっんっんっ……んふぅぅ……」

　舌の動きに合わせてゾクゾクとした快感がわたくしの身体に流れ込んできます。思考さえも蕩けそうなほどに心地いいです。

　自然と舌の動きに合わせて、腰をゆっくりくねらせるなんてことまでしてしまうわたくしがいました。

　こんなの簡単にイッてしまいそうです。

　ですが、もっと欲しい。もっと快感が欲しい。これだけでは足りない――などということまで考えてしまいます。

「もっと激しく舐めなさい。いえ……舐めるだけでは足りません……。んっふ、はふぅう……吸いなさい。その唇でわたくしのあそこを……激しく吸うのです……あっあっ……はぁあああああ……」

より濃厚な愛撫を命じました。

「んっちゅ、ふちゅっ……んっちゅるる……ちゅずるるるるぅ……」

命令に素直に従い、秘部に唇を強く押し当てると、リーナは下品な音色が響いてしまうことも厭わず、わたくしのあそこをジュルジュルと啜り始めました。

「ああ……そう！　そうですわ！　いい！　それ……いいですわよ」

快感の上に快感が重なります。少し吸われただけだというのに、身体中が、特にあそこが燃え上がりそうなほどに熱くなってしまいます。

「これ……来る……はぁああ……来ますわ……すごいのが……」

熱気に後押しされるように、強烈な肉悦が膨れ上がってくるのを感じました。

「すごいのが……き……て……あんん……イクっ！　はぁああ……これ、わたくし……イキますわ……。イッて……しまいますわぁ」

間違いなく絶頂感です。

全身を包み込むような強烈な性感——そんなものに身悶えしながら、わたくしは両手を伸ばすと股間に顔を埋めるリーナの後頭部を掴みました。その上でより強くあそこにリーナの顔を押しつけます。

「このまま……はふぅう……んっんっんっ……こ、の、まま……イかせなさい。わたくしを……イカせるのです……あっは、んはぁあああ……」

自慰なんかとは比べものにならないほどの快感です。人にしてもらってるから——いえ、違いますね。これは多分、リーナにしてもらっているからですわ。わたくしがすべての人生において唯一愛したリーナに……。

違う。違う……。この子はリーナだけど、リーナじゃない……。

ああ、でも……リーナ……リーナ……。

「あっあっあっあっあっ」

どんどんわたくしが漏らす嬌声《きょうせい》に含まれる熱気と甘さが増幅していきます。

「ちゅろろろ……んっちゅれろ……ちゅれっろおお……れろっれろっ……んれろぉ」

それを後押しするように、リーナの舌の動きは激しさを増していきました。

そして——

「あっ！　い……イクっ！　んんん！　イック！　あっあっあっ——イクイク……い、き……ますわぁぁああ！　あっは……んはぁぁあああ……」

ついにわたくしは絶頂に至りましたの。

背筋を反らし、リーナの顔をより強く手で押さえ込みながら、全身を激しく震わせ、あそこからお漏らしでもしたかのようにプシュッと愛液を噴出させました。リーナの顔をグショグショに濡らします。

「これはなかなか……い……いいですわね……はふぅう」

うっとりと表情を蕩かせながら、歓喜の吐息を響かせ続けましたの……。

けれど、そんな風に浸れていたのは僅かな時間でした。

わたくしはすぐに正気を取り戻します。

なんてことをわたくしは命じてしまったのでしょうか。

いくらこのリーナが愛しいリーナに似ているとはいえ、こんなイヤらしいことを命じてしまうなんて……。これではただの変態ではありませんか。自分で自分を抑えられない。我慢できないとか、これでは悪役令嬢ではなくただのケダモノですわ。

なんだか怖くなってきてしまいます。

一体こんなわたくしをリーナはどのような目で見ているのでしょうか？

恐る恐る未だに湯船の中に跪き、わたくしの秘部にジッと視線を向けているリーナへと視線を向けます。

リーナの顔はわたくしの愛液でビショビショでした。それだけで顔から火が出そうなほどの恥ずかしさを感じてしまいます。それに非常に申し訳なさも感じました。

けれど、リーナはわたくしに対し、軽蔑の視線を向けてくるということはありませんでした。それどころか、なんだかうっとりと熱に浮かされたような表情さえ浮かべています。わたくしへの奉仕に喜びを覚えている顔とでもいうべきでしょうか？　頬を赤く染め瞳を潤ませるその顔は、見ているとそれだけでまたしても胸がドキドキと高鳴ってしまうほどに、魅力的に見えました。

先程達したばかりだというのに、またして欲しいとさえ思ってしまいます。

ですが、もう一度しなさいと命じることはできません。何故ならばそろそろわたくしの貸し切り時間が終わってしまうからです。もちろん、わたくしの権力ならば時間延長など簡単に行うことはできます。とはいえ、早く大浴場を使いたいと思っている者達も多いでしょうからね。そんな可哀想なことはできません。

だからでしょうか？

気がつけばわたくしは――

「明日も……この時間に来なさい」

リーナにそのようなことを命じてしまっていました。

その命に対しリーナは――

「……分かりました」

ボーッとした顔のまま、コクリと頷くのでした。

※

わたくしは何をしているのでしょう？

もっと奉仕して欲しい。もっとリーナに気持ちよくしてもらいたい――などと思ったからとはいえ、まさかまたしても奉仕を命じてしまうなんて……。本当にいよいよ淫乱女とか思われても仕方がない気がします。

昨日リーナはわたくしの命令に対して不快感を覚えているようには見えませんでした。しかし、あれから一晩が過ぎています。今頃冷静になっている可能性が高いです。そうなれば、今度こそ軽蔑されてしまうかも知れません。

リーナはヒロインでわたくしは悪役令嬢――立場を考えれば、嫌われるのは当然、寧ろ嫌って欲しいところです。ですが、軽蔑されるというのは少し違う気がします。

やはり命令は撤回した方がいいかも知れません――そんなことを考えながら、わたくしは昼休み、リーナを探しました。

けれどなかなか見つけることができません。普段なら一人でお昼を食べている中庭にも彼女の姿はありませんでした。

仕方がないので探知魔法を使ったところ、リーナは校舎裏にいるということが分かりました。

普段ほとんど生徒達が行くことがない場所です。一体どうしてリーナはそのようなところに行ったのでしょう？　などとぼんやり考えながら校舎裏へと向かうと、そこにはリーナだけではなく、ロゼリオ様もいました。

二人が向かい合っています。

ロゼリオ様は真面目な顔——リーナは背中しか見えないのでどんな表情を浮かべているのかは分かりません。

一体何をしているのでしょう？

わたくしは繁みに隠れて二人のやり取りを見つめます。

そんなわたくしには気付かず、ロゼリオ様はリーナに対し生真面目な顔で何かを告げました。何を告げたのかまでは分かりません。ただ、ロゼリオ様は真剣です。

二言、三言と言葉を紡ぎ続けます。

そして告げるべきことを告げ終えると、ロゼリオ様はリーナからの答えを聞くこともなく立ち去っていきました。

　リーナは一人その場に呆然と立ち尽くします。やはりどんな顔をしているのかは確認することができません。

　ですが、わたくしにはこれまでの九八回に及ぶプロ悪役令嬢としての経験があります。リーナがどんな表情を浮かべているのかは簡単に想像することができました。

　きっとリーナは顔を赤くしているはずです。今にも泣き出しそうな表情を浮かべているはずです。

　これまでの経験から考えるに、ロゼリオ様はリーナに告白をしたはずですから……。その告白にリーナがどんな返事をするのか？　なんて考えるまでもありませんわね。ロゼリオ様に魔法で変身してリーナに接した際、彼女が向けてきた笑みを思い出します。あれは完全に好意を持った者の顔です。間違いなくリーナはロゼリオ様を好いています。だから、告白されて断ることなどあり得ません。

　リーナとロゼリオ様が恋人同士になる――ヒーローとヒロインが結ばれるというのは、わたくしにとっては望むところです。そうなるようにわたくしはプロとして動いているのですから……。

　しかし、喜ぶべきことのはずなのに、わたくしの胸はなんだかとてもムカムカしてしまいました。ロゼリオ様とリーナが恋人同士として並んでいる姿を想像すると、吐き気さえこみ上げてきてしまう自分がいました。

だからでしょうか？　結局わたくしはリーナに対して命令を撤回はしませんでした。

故に、夜、わたくしは再び大浴場にてリーナと二人きりになっていました。

「さぁ、今日も奉仕なさい」

昨日と同じような状況、体勢で奉仕を求めます。

「あの……その……」

そんなわたくしに、リーナは何かを訴えるような表情を向けてきました。

聞いてあげるべきでしょうか？

いえ、それは駄目です。

だってきっと、こんなことはしたくないとか、自分にはロゼリオ様がいるからとか――

そんなことを訴えたいに違いないからです。

聞きたくなんかありません。

「わたくしは奉仕をしろと命じたのだけど……。もしかして、わたくしの命令が聞けないのかしら？」

冷たい視線でリーナを睨みます。

その目にリーナは「す……すみません」と謝罪してきました。

うん、これで聞きたくない話は聞かずにすみそうですね。

「分かったのなら……始めなさい」

「は……はい……」

改めて命じると、リーナは頷き、昨日の行為をトレースするかのように、改めて「んちゅっ」と秘部に口付けをしてきました。

「はっあ……んんんっ」

それだけでわたくしは全身がゾクゾク震えるほどの性感を覚えてしまいます。反射的に甘い嬌声を漏らし、表情を蕩かせました。

リーナはわたくしのそうした反応を上目遣いで見つめながら、舌を蠢かして襞の一枚一枚を丁寧に、丹念に舐ってくれます。

それがあまりにも気持ちがよくて、わたくしはあっさりと「あああ……イクっ！　イキますわ！　あっあっ……んぁあああ」と絶頂に至ってしまいましたの。

またリーナの顔を愛液でグショグショに濡らしてしまいます。

自分の愛液で濡れそぼった、どこか熱っぽいリーナの顔――なんだかとても魅力的で、普段よりもずっと可愛らしく、綺麗に見えました。

だからでしょうか？　わたくしは「はぁはぁ」と絶頂後の余韻に浸るような荒い吐息を漏らしつつも、これで満足することはできませんでしたの。

自分が感じるだけじゃない。リーナが感じる姿も見たい――そのようなことを考えてしまう自分がいました。

熱に浮かされた状態であるわたくしは、そうした欲望に抗うことはできませんでしたわ。

「リーナ」

わたくしはリーナの顎《あご》に手を添えると、クイッと顔を上げさせました。

「ふぇ……フェアリア様……？」

リーナの潤んだ瞳とわたくしの目が合います。

本当に可愛いですわ。我慢なんかできるわけがありませんわ。

膨れ上がる想いのままに――

「んっちゅ……ふちゅう」

「んっ……んんんんっ⁉」

わたくしは気がつけばリーナの唇に自分の唇を重ねてしまっていましたの。

それも、ただ口唇同士を重ねるだけのキスではありませんでした。

「ふっちゅろ……んちゅろぉ……。ちゅっろ、ちゅっちゅっ……ふっちゅ……んちゅうう」

舌をリーナの口腔に挿し込みます。そのまま彼女の口内をグチュグチュという淫靡な音色が響いてしまうことも厭わずにかき混ぜました。

舌に舌を絡み付けます。頬を窄めて激しく口腔を啜ります。時にはこちらから唾液を流し込んだりもしました。濃厚で淫靡な口付けです。

ああ、これ、なんて気持ちがいいんでしょう……。

唇と唇を重ねているだけなのに、またしても達しそうになるほどの心地良さを覚えてしまっている自分がいました。

そんな快感を覚えているのはリーナも同じのようです。

それを証明するように、最初こそいきなりの口付けに驚いた様子で瞳を見開いていたのですが、しばらくするとキスに溺れるように瞳を閉じ、リーナの方からもこちらの舌に舌を絡めてくれました。

大浴場内で生まれたままの姿になり、クチュクチュというキス音を響き渡らせます。永遠にこのまま口付けを続けていたい――そんなことさえ考えてしまうような、淫靡な時間でしたわ。

けれど、キスだけでは満足できません。わたくしはゆっくりと唇を離します。

ツウッと口唇と口唇の間に唾液の糸が伸びる有様が、なんだかとてもエッチでした。

「フェアリア様……」

ボーッとした顔でリーナがわたくしを見つめてきます。口付けで感じていただろうことが一目で分かる顔でした。

こんな顔、ゾクゾクしてしまいますわ。

もっとこんな風にリーナが熱に浮かされた顔を見たい——そのような欲望がどうしようもないほどに膨れ上がってきます。抗うことなどできません。

「立ちなさいリーナ」

静かにわたくしは命令しました。

「は……い……」

頷き、リーナは湯船から立ち上がります。

わたくしの目の前にリーナの白い肌が、乳房が、ちょっと丸みを帯びた下腹部が、陰毛に隠された秘部が、曝け出されます。

「ふふ……んっちゅ」

そんなリーナの乳房にわたくしはキスをしました。

「あっ……んんっ」

ヒクヒクッとリーナは肢体を震わせます。感じていることが一目で分かる反応です。

「可愛いですわよ」

　素直な感想をわたくしは口にしつつ、更にチュッチュッチュッと口付けの雨をリーナの乳房や下腹部に降らせました。

「あっ……やっ！　んんん！　だ、駄目ですっ！　あっあっ……あんんん！」

　そうした口付けの一つ一つに身を震わせながら、リーナは駄目などという言葉を口にしてきました。

「駄目？　何がですの？」

「何がって……だって、こんな……んんん！　変な声が出ちゃって……恥ずかしい。こんな声……聞かせたくないです。だから……や、やめてください」

　リーナの顔は羞恥の色に染まっています。

「なるほど……。つまり、感じているということですのね？　これが……ふふ、こうされるのがいいんですの？」

　その顔により強い愛おしさのようなものを感じてしまいました。行為の中断などできるわけがありません。わたくしは更に口付けを繰り返します。いえ、ただキスするだけではなく、舌を伸ばしてリーナの肢体を舐め回したりもしました。

　その上で下半身にも手を伸ばすと、クチュッと秘部に指を這《は》わせました。

途端に指先に湿り気を帯びた感触が伝わってきます。これはお湯ではありません。粘り気を帯びたこの感触は、間違いなく愛液でしょう。

興奮している。あそこを濡らすほどに感じてくれている――それが嬉しい。本当に……。だからもっと感じさせたいと思ってしまいます。

そんな感情に逆らうことなく、抗うことなく、乳房を舌先でなぞり、濡れそぼり、左右に開いたリーナの割れ目を指で何度も擦り上げました。

グッチュグッチュグッチュ――指の動きに合わせて淫靡な水音が響き渡ります。

「はっふ……んふぅう！　あっあっ……そっれ、駄目……。やっ！　本当に……変な声、抑えられません！　んひんん！　あっあっ、はぁあああ……」

愛撫の激しさに比例するように、リーナが漏らす嬌声もどんどん甘いものに変わっていきました。

肢体が激しく震えます。白い肌は桃色に染まり、お湯だけではなく汗で全身が濡れていくのも分かりました。ムワッとした甘ったるい匂いもわき上がり、わたくしの鼻腔をくすぐってきます。その匂いにわたくしの興奮も膨れ上がっていきました。

それを伝えるように指の動きを激しいものに変えていきます。花弁を指先で押し込みながら、時には陰核を摘まみ。シコシコ扱くように刺激を加えたりもしましたの。

「駄目……駄目ですこんなの……私……もう、イク……はぁあぁ……イッて……しまいます！　んんん！　あっあっあっ！」

「ふふ、構いませんわよ。イキたいならイキなさい。わたくしに貴女がイク姿を見せなさい。ほら、ほら……」

イかせたい。リーナの絶頂姿を見たい――想いを伝えるように、わたくしは秘部への愛撫を続けながら立ち上がりました。湯の中に立った状態で向かい合います。

「んっちゅ……ふちゅっ」

その上でわたくしは改めてキスをしました。

身体を密着させます。乳房と乳房を重ね合わせます。まるで全身を一つに溶け合わせているように肢体を重ねながら、わたくしは「ふっちゅる……んちゅるぅ」と口付けを繰り返し、秘部を擦り続けました。

「んんん……もう……フェアリア……しゃま……ちゅっろ……んちゅろぉ」

愛撫に震えながら、リーナからも舌に舌を絡めてきます。

唾液と唾液を交換するような激しい口付けです。口端から受け止めきれなかった分が零れ落ちてしまうことも厭わず、わたくし達はただただ互いを求め続けました。

「い……イッく……んんん！　もう、いき……ますぅ」

「はっちゅ……ふちゅぅう……はふぅうう……いいですわよ。イキなさい……んっちゅ、ふっちゅろ……ちゅっちゅっちゅっ……ふっちゅるるるるぅ」

限界を訴えてくるリーナの口腔をこれまで以上に激しく啜り上げつつ、陰核を指でギュッと摘まみます。

見せて。貴女がイクところを――という想いを込めて……。

「あああ……イクっ！　イクイク――いっ、くぅううう」

刹那、リーナはわたくしの想いに答えるかのように、絶頂に至りましたの。

わたくしに抱きすくめられた状態で、壊れた玩具みたいに全身をビクつかせます。

「あっあっあっ……んぁあああああ」

気持ちよさそうな姿、ああ、やっぱり可愛いですわ。

そんな姿に愛おしさを感じながら、わたくしは改めて強くリーナを抱き締めました。

「はっふ……んんんっ……あっあっ……はぁあああ……あっあっあっ……」

わたくしの腕の中で、リーナはただひたすら、絶頂感に打ち震え続けましたわ。

それからどれだけの時間が過ぎたでしょう？

やがてリーナは全身から力を抜きました。

頬をピンク色に染めながら、わたくしの腕の中ではぁはぁと息を吐く――なんだか愛お

しさを感じてしまいます。

わたくしは改めて――

「ふっちゅ」

と、軽くではありますが口付けをしました。

「ふふ……気持ちよかった？」

その上で囁くように尋ねます。

その問いに対し返ってきたのは――

「うっうっ……ううう……ふぅう……」

すすり泣くような声でした。

「――えっ⁉」

まるで想定外の反応です。

わたくしは思わず抱き締めていた手を離し、リーナの顔を見ました。

すると彼女は――

「ふうう……うっうっうっ……」

泣いていました。

ポロポロと眦から涙を流していました。

リーナが……涙……。辛そうな顔で……。

瞬間、わたくしの脳裏に、最初の人生での記憶がフラッシュバックしてきました。

リーナを辱め、純潔を奪ってしまったときの記憶です。

これ、また……。わたくし、また……。

傷つけてしまった。リーナをまたも……。

言い訳なんかできません。

確かにわたくしはヒロインを苛める悪役令嬢――ですが、これは悪役令嬢がすることではありません。わたくしはただ、自分の欲望のままに、自分を抑えることができずに、リーナを辱めてしまった。

愛しいリーナにしたようにまた……。

こんな、こんなことを……。

死んでしまう？　またリーナが死を選んでしまう？

「あ……あ……あぁあああ……」

わき上がってきたのは恐怖でした。

またしても自分のせいでリーナが……。

そんなことをどうしても考えてしまいます。

だからでしょうか？
わたくしは気がつけばこの場から逃げ出していました。
泣くリーナを一人残し、大浴場を飛び出していました。

九章　そして最後の断罪の日が訪れました

もしまたリーナが死を選んでしまったら……。

大浴場から逃げ出し、部屋に戻ったわたくしは、そんな恐怖ばかり感じ、結局一睡もすることができませんでした。

最初の人生において、リーナはわたくしに辱められたことを苦に自死を選びました。自分が処刑される恐怖よりも、それが辛かった。もう二度とあんな想いはしたくない——そのはずだったのに、わたくしは一体何をしているのでしょう？

絶対にリーナが死を選ばないようにしなければなりません。

その為には何をすべきでしょうか？

いえ、そんなこと考えるまでもありませんわ。

リーナの心を支えればいいのです。

その方法はあります。

ヒロインに必要なのはヒーロー——つまり、魔法でロゼリオ様のフリをしてリーナに近づき、励ましてやればいい。不安だろうリーナを優しく抱き締めてあげるのです。

そうと決めたわたくしは翌日、リーナの姿を探しました。

一体どこにいるのでしょうか？

などと考えながら学園中を探した結果、わたくしはリーナがロゼリオ様と一緒にいる場面を目撃しました。場所はまたしても校舎裏です。

見つかるわけにはいかないので、わたくしは少し二人から離れた繁みの中からやり取りを観察しました。

リーナがロゼリオ様に何かを言っています。ロゼリオ様もそれに答えるように、何かを口にします。離れているので話の内容は分かりません。けれど、何か口論をしているようにも見える姿でした。

これはどういうことでしょうか？

ヒロインがヒーローと言い争っている姿なんて初めて見ます。これまでの人生では一度だってなかったことです。

まったく、ロゼリオ様は何をしているのですか！　貴方の仕事はヒロインであるリーナを守り、支えてあげることですのに！　更に傷つけてどうするのですか!!

ここはわたくしがフォローしなければなりません。二人が離れたところで魔法を使ってロゼリオ様に変身して、リーナに近づくべきですね。

ただ、その場合一体何を言い争っているのかが分からなければ、会話に結構な齟齬が生まれてしまいます。

これまでだったらヒロインとヒーローのやり取りは勝手に映像として見えてきたのに、なんで今回に限ってそれができないのでしょうか？

でも、まぁ、そこはそれなりに悪役令嬢として場数は踏んできていますからね、なんとかしてみせますよ。

そう決意したわたくしは、ロゼリオ様早くどっか行け！　とか考えながら、二人のやり取りを観察し続けていました。

「あ、やっと見つけましたよ姫様」

ですが、そんなタイミングで声をかけられてしまいます。

振り返ると、そこには取り巻きの令嬢達が集まっていました。その中の一人である侯爵令嬢レゼが声をかけてきたようです。

「レゼ？　どうしましたの？」

「どうしましたのではありません。次の授業が始まってしまいます。姫様を遅刻させるわけにはいきません。さぁ、参りましょう」

「ですが……」

わたくしにはやることが……。

チラチラと横目でリーナ達を観察します。

「ですがではありません。さぁ、姫様」

レゼだけではなく、他の令嬢達も「行きましょう」と訴えるような視線をわたくしに向けてきます。

これではロゼリオ様に変身するなんて不可能です。仕方ありません。リーナのことは心配ですが、また次の機会を探るしかないですね。

今回動くことは諦めざるを得ませんでした。

大丈夫。きっと大丈夫。すぐに自死なんて選ばないはず。ですから、きっとリーナを励ます機会は来るはずです。

――と、わたくしは何度も自分に言い聞かせていたのですが、そんな機会は訪れてくれませんでした。

なかなかわたくしが一人になれるタイミングがなかったからです。それにリーナも、友人と共にいることが増えていました。

わたくしにどんな嫌がらせをされても挫けず、ひたむきに頑張る姿に惹かれた者達が、いつしかリーナの周りに集まるようになっていたのです。

まぁ、リーナの魅力を考えれば当然のことですわね。

それは嬉しいことです。一人になってもらわなければ近づけませんが、とはいえ、これは悪くはない気もしますね。

誰かが共にいてくれれば、リーナが自死をしようとしてもそれをきっと止めてくれるはずですから。それに、自分を想ってくれている人がいれば、自死なんて考えないかも知れませんしね。

ただ、だからといって一〇〇パーセント安心と言うこともできません。

やはり機会があればわたくし自身がリーナを励まさなければ……。

などということを考えながら、わたくしは更に数日過ごしました。

結局未だにリーナを励ませてはいません。

何か手はないでしょうか？

そんなことを考えながら、何となく部屋の窓から外を見ます。

学生寮の二階の自室から見えるのは、帝都の風景です。学園自体が街外れの小高い山の上にあるので、街の全景がよく見えます。既に時間は夜です。街のあちこちで魔法街灯が輝いている様がとても美しく見えます。宝石のように美しい街——生まれ変わって以来何度も見てきた光景ですが、何度見ても飽きることはありません。この眺望は九九回の人生の中でも、かなりの上位に食い込むと言っても過言ではないでしょう。

悩みも一瞬忘れることができます。

ですが、その瞬間、突然ドーンという爆発音のようなものが響き渡り、いきなり街の中央にある王城から火の手が上がりました。

え？　これ……なんですの？　何が起きて⁉

唐突すぎる出来事にわたくしは戸惑わざるを得ません。

その刹那。再び爆発音が響きました。それも一つや二つではありません。城だけではなく、街のあちこちから火の手が上がりました。

本当にこれはどういう……？

わたくしが戸惑っていると、ドンドンドンッと部屋の戸が激しく叩かれました。

「誰ですの？」

「私です！　レゼです！」

戸が開き、青い顔をしたレゼが室内に飛び込んで来ました。

「一体どう致しましたの？」

戸惑いながら問います。

そんなわたくしに対しレゼは――

「決起です」

という短い言葉を返してきました。

決起？

一瞬意味が理解できませんでした。

が、それは一瞬のことです。すぐにわたくしは何が起きているのかを理解しました。

「反乱ですか……」

ついに動き出したということですわね。

わたくしは反乱軍に出資はしています。しかし、正体を隠す為にあちらからの接触はすべて断っていました。故に反乱軍の計画を知ることはできなかった。ここまで大がかりに動き出すなんて、どうやら準備は水面下にてかなり進んでいたと考えるべきですね。

「はい。ですから早くお逃げください。ここは危険です」

「ここが危険？」

「反乱軍は学園内でも動き出しています。既に上級、下級貴族用の男子寮と、下級女子貴族用寮は制圧したらしく、連中はこちらに向かっているらしいです」

「……なるほど」

まぁ反乱軍トップのギオラリオ様の息子であるロゼリオ様がいるのですから当然のことですわね。

「指揮をしているのはロゼリオ様ですか？」

それでも一応確認しておく必要はありますので問います。するとレゼは「ロゼリオ様が反乱軍の者だと突き止めていたのですか？」と驚いた表情を浮かべました。

「……確信はありませんでしたけどね」

嘘です。完全に知っていました。

ですが、その場合何故止めなかったのかと言われてしまうので、誤魔化します。

「そうですか。流石は姫様です。確かに反乱軍の指揮官はロゼリオ様です。しかし、反乱軍の旗頭はロゼリオ様ではありません」

「ロゼリオ様じゃない？　だったら誰なのです？」

他に誰がいるのでしょう？　ちょっと意外な答えに、わたくしは驚きつつ尋ねると――

「リーナです……。リーナ＝シュルバーナが反乱軍の旗頭のようです」

などという答えが返ってきました。

「――え？」

一瞬、わたくしの頭の中は真っ白になってしまいました。

当然です。だって、完全に予想外の答えだったのですから……。

「リーナが……旗頭？　どういうことですの？　何故？」

分かりません。意味が理解できません。

リーナはただの男爵令嬢。確かに強い意志を持った魅力的な子ではあります。ただ、だからといって、反乱軍の旗頭なんて信じられません。何がどうすればそういうことになるのでしょうか？

「その……」

わたくしの問いにレゼは少し答えにくそうな表情を浮かべました。何かをわたくしに対して遠慮しているような態度にも見えます。

「構わないから答えなさい」

そんなレゼに答えを促しました。

「……分かりました」

意を決したようにレゼは一度大きく息を吸うと――

「反乱軍は……リーナが前陛下の血を引いていると喧伝して動いています」

そう言うとレゼはチラシを取り出し、わたくしに見せてきました。

今、レゼが語った言葉がそのまま記されています。

「前皇帝の……？　それって……娘、ということなのですか？」

「……はい」

苦しそうな表情でレゼは頷きました。

なるほど……そういうことでしたか……。

反乱軍の目的は皇位奪還――本当にリーナが皇帝の血を引いているのであれば、反乱軍が彼女をトップに立てるということも理解できます。

「前皇帝陛下が手をつけた侍女との間に生まれた娘とのことです。しかし、前陛下は生まれた娘であるリーナを城には置かず、シュルバーナ男爵家に預けたそうです」

よくある話ですわ。

皇族の最大の仕事は血を繋げることです。子作りこそが最も為すべきことなのです。しかし、生ませる相手は選ばなければなりません。正室である皇后の立場というものもありますから。皇后が選んだ相手を側室とする――それが不文律なのです。多分前陛下はそれを破ってしまったのでしょう。

故に自分の子であると認知できず、娘とその母を貴族に下げ渡した。

その事実をロゼリオ様達は知り、リーナを旗頭とした。

「なるほど……理解できました」

「こんなでたらめ……絶対に許せません」

レゼは本気で悔しそうです。

「ですが、今はそんなこと考えても仕方がありません。姫様、まずは早くここから脱出を。それから今後のことを考えましょう」

青ざめた顔でレゼが告げてきます。

「……分かりました」

頷かざるを得ません。

わたくしはレゼや、他の寮に住む令嬢達と共に寮を出ました。

取り敢えず誰にも見られないように森の中に飛び込みます。そのまま山道を走りました。どこへ向かうべきか？　そんなこと分かりません。ただただ、走ります。

しかし、ここは山道。普通に動くことも困難な道です。そのせいか、令嬢達は一人、また一人と脱落していきました。

結果、気がつけばわたくしはレゼともはぐれ、一人になっていました。

山の中にただ一人です。

暗くて何も見えない状況で一人だけ――正直怖ささえ感じました。

それに疲労感も大きいです。

わたくしは悪役〝令嬢〟――そう、令嬢なのです。運動なんて基本全然していません。

だから体力なんてないのです。

心臓がバクバクと鳴ります。破裂してしまいそうなほどです。

それに息もすごく苦しいです。正直溺れてしまっているのではないか？　とさえ思ってしまうレベルでした。

足も当然フラフラになってしまいます。

わたくしは一体何をしているのでしょう？　なんでこんな山道を走っているのでしょうか？　こんなこと、これまで何回も人生を繰り返してきましたが、初めてのことです。

もう、無理！　こんな、走り続け、逃げ続けるなんて無理です……。

心の中でそんな泣き言を口にしつつ、それでも前に進み続けていると、いきなり視界が開けました。

目に飛び込んできたのは満天の星です。

どうやら森から抜けたようですね。

ですが、これは……。

わたくしは足を止めます。

何故ならば、これ以上前に進むことはできなかったからです。

少し先は崖になっていました。

一度引き返すしかなさそうです。

そんなことを考えながら振り返ると――

「見つけたぞフェアリアッ！」

そんな声と共に、森の中からロゼリオ様が現れました。

いえ、ロゼリオ様だけではありません。

彼の背後には無数の兵士達の姿がありました。それに――

「フェアリア様……」

リーナまで……。

普段の制服姿ではありません。リーナが身に着けているのは、ロゼリオ様や他の兵士達と同じ軍装でした。

その姿を見て、わたくしは本当にリーナが旗頭だったのですね――と、改めて理解しました。

身体にフィットした軍装――よく似合っています。結構リーナの身体は丸みを帯びてはいるのですが、こういう格好をするとなかなか引き締まって見えてカッコイイですね。状況も忘れ、一瞬わたくしはリーナに見惚れてしまいました。

ですが、すぐに正気に戻り、わたくしは理解します。

なるほど、これが今回の断罪イベントということですか——と。

なかなか面白いパターンです。最後の最後でこれまでにない展開とは、神様もなかなか粋なことをなさるものですね。

などと考えながらわたくしは「これはどういうことですの？」とリーナ達をギロリッと睨み付けました。

武装した男達に囲まれる——正直怖いです。それでもわたくしはプロです。プロの悪役令嬢なのです。決して弱い姿は見せません。悪は最後まで悪であるべきなのです。

「わたくしはこの国の皇女ですのよ。それを分かっていての狼藉ですの？」

堂々と告げます。

すると「いいや、フェアリア——お前は皇女ではない」とロゼリオ様がわたくしを睨み返してきました。

「この国の正当なる皇女はお前などではなく、ここにいる——リーナ＝レイクロ＝フォルレーナ＝ガルナック様だ」

正当なる皇室フォルレーナ家の血を引く者——それがリーナだとロゼリオ様は高らかに宣言します。

「たかが男爵家の娘が皇女？　わたくしを馬鹿にしていますの？」

ロゼリオ様の言葉は事実なのでしょう。しかし、わたくしは笑ってみせます。何をくだらないことを口にしているのだと、蔑みの視線を向けてみせます。

「信じられないか？　だが、事実だ。そして、皇位を受け継ぐべき正統なる皇女がいる以上、お前はただの簒奪者の娘でしかない。武力をもって皇位を奪わんとした一族の者——許すことなどはできない。皇室への反逆者には死んでもらう」

ロゼリオ様が切っ先をわたくしへと突き付けてきます。

あの剣でわたくしは死ぬということですか……。

なんだか感慨深いものを感じました。

九九回の人生。それがあの剣で終わる。繰り返してきた人生がここで終わる。

そう考えると少し怖いです。今回死んだらその後自分はどうなるのか？　それがまったく分からないから……。

でも、そんな恐怖以上にわたくしは喜びを感じました。

だって、これで救えるから……。リーナの魂を……。

これで贖罪できる……。

「わたくしを殺す？　そんなこと許しませんわよ。わたくしは皇女ですのよ！　それに分かっておりますの？　わたくしは貴方の婚約者ですのよ」

喜びを押し隠しつつ、わたくしは更にロゼリオ様を挑発するような言葉を口にしました。

「お前の許可など必要ない。それに……お前を婚約者などと思ったことはない」

ロゼリオ様の瞳が更に細められます。殺意のようなものが彼の全身から溢れ出すのが見えました。

来ますわね――そんな確信を抱きます。

正解だと言うように、ロゼリオ様はわたくしに向かって踏み出そうとしました。

ですが、それより早く――

「駄目です」

という言葉と共に、リーナがわたくしを庇うような位置に立ち、両手を広げました。

「リーナっ⁉」

まさかの行動にロゼリオ様が驚いたような表情を浮かべます。

いえ、ロゼリオ様だけではありません。

ど、どういうことですのリーナッ⁉

わたくしも同じように驚いてしまっていました。

「何故だ⁉　何を考えている？」

ロゼリオ様が問います。

わたくしも同感です。わたくしは散々リーナを苛めに苛めた。そんなわたくしをリーナが庇う意味が理解できません。

これまでわたくしは何度も断罪されてきましたが、その際にわたくしを庇うような子は一人もいなかった。

わたくしが出会ってきたヒロイン達は本当に健気で優しい子達ばかりでしたけど、それでもわたくしを咎めるヒーローを止める子はいなかった。だって、それだけわたくしは酷い苛めを行っていたのですから……。

それは今回のリーナに対しても同じです。

愛しいリーナと似ているからとはいえ、わたくしは一切手を緩めてなどいない。それどころか、数日前には辱めまで行ってしまった。庇われる謂れなど一切ないのです。ロゼリオ様が混乱するのも当然のことです。

「何って……私はフェアリア様を守りたいだけです」

向けられた問いかけに対し、リーナはそう答えました。

「だからどうして？」

ロゼリオ様は真っ直ぐリーナを見つめます。

するとリーナは――

「フェアリア様は優しい御方だからです」

などという答えを返しました。

「――は？」

瞬間、わたくしとロゼリオ様の声がシンクロしました。

「優しい？　フェアリアが？　何を言ってる？　大丈夫か？」

ロゼリオ様は本気でリーナを心配します。わたくしも同感ですわ。

「フェアリアは君に酷い苛めを行っていただろ？　それなのに優しい？　理解できない」

「……確かに、フェアリア様は私を苛めていました。ですが、それにはきっと深い意味があるはずなんです！」

「苛めに意味？　何故そんなことを思う？」

「何故って……だって……それは……」

リーナは言葉に詰まります。迷うように視線を泳がせました。

この反応……どういうことですの？

さっぱりリーナの心が理解できません。一体何が起きているのでしょうか？

そんな疑問を抱いたときです。わたくしはそれに気付きました。

繁みの中に一人の少女――レゼが隠れていることに……。レゼはその手に短剣を持っていました。刃を握り、鋭い目でリーナを睨み付けています。

強い殺気が籠もった目です。

嫌な予感がしました。

すると次の瞬間――

「あぁぁあああああっ！」

レゼが繁みから飛び出しました。

貴族令嬢とは思えないほどの勢いで、一気にリーナとの距離を詰めていきます。

「――えっ⁉」

いきなりの出来事にリーナの身体は硬直しました。

「なっ！」

ロゼリオ様を始めとした反乱軍の面々も、これには虚を突かれたらしく、動き出しが遅れます。

「リーナッ!!」

そんな中で、わたくしだけが素早く動いていました。

刺される。リーナが……。

守らなければなりません。絶対に……。

見たくない、リーナが傷つくところなんか絶対見たくない！

思い切り走り、わたくしはリーナの前に飛び出しました。

瞬間、ドンッとわたくしの身体にレゼがぶつかってきました。

「あっぐ……ぐぅうううっ」

刃がわたくしの脇腹に突き刺さります。

これ、痛い……と言うより、熱い……ですね……。

刺された場所が燃え上がりそうなほどに熱くなっていくのを感じました。

こうして身体を刺されるのは初めてのことではありません。これまでの人生において、幾度となくわたくしは刺殺されてきました。しかし、何度味わっても慣れることができない感覚ですね……これは……。

「あ……う……ぐ……くぅうう……」

苦痛の呻《うめ》きを漏らしながら、わたくしはよろよろとよろけ、この場に倒れ伏しました。

「え？　あ……ひ……姫様……⁉」

レゼが瞳を見開きます。

「ど、どうして……？」

わけが分からない――というような表情でした。

そんな彼女を漸《ようや》く動き出した反乱軍の者達が捕らえます。

これで、リーナが傷つけられることはないでしょう。よかったです。

わたくしは倒れたままホッとします。

「フェアリア様……なんで？　どうしてっ‼」

すると、わたくしの耳にリーナの声が飛び込んで来ました。

「なんでこんなことっ！」

リーナはポロポロと涙を流しています。泣きながらわたくしの身体を抱き起こしてきました。リーナに上半身を預けるような形になります。伝わってくる体温がちょっと心地良いです。

「何故ですか⁉　どうして私なんかを……」

本当に悲しそうで辛そうです。

何となくわたくしは手を伸ばし（身体から力が抜けてるので結構辛かったですが……）、流れる彼女の涙を指で拭いました。その上で――

「何故って……それは……わたくしのセリフ……ですわ……」

絞り出すように口にしました。

「駄目です！　話さないでください！　無理はしないでください！」

何故と自分から聞いておいて、わたくしの言葉を遮ろうとしてきます。

ですが、言葉を止めることはできません。わたくしには絶対にリーナに聞いておかなければならないことがあるのですから……。

「どうして……貴女は……わたくしなんかの為に泣くの……ですか？　どう、して……くぅう……わたくしを庇ったり……など、したの……ですか？」

話すと身体が結構痛いです。でも、痛みを我慢してでも聞かないわけにはいきませんでした。どうして？　何故貴女は？

「……だって、リーナ様は私を何度も励ましてくれたではないですか」

わたくしが言葉を止めないことを一瞬気にするような素振りを見せましたが、応えるしかないと観念したのでしょう。問いに対し答えを返してくれます。

「……なん、ども……？」

ですが、この答えは……？

「そうですよ！」

どういう意味でしょう？　わたくしは苛めていただけなのに……。

苦しみつつも疑問の視線を向けます。

するとリーナは――

「ロゼリオ様のフリをして、何度も私を励ましてくれたじゃないですか！　分かっているんですよ！」

「――え？　それ……気付いて……」

「はい、気付いてました。ぱっと見はロゼリオ様にしか見えませんでしたけど、よくよく目を凝らしてみれば……。こう見えて私、結構魔法は得意なんです」

それは知っています。

ですが、わたくしの魔法を看破するほどのレベルとは思っていませんでした。リーナを少し舐めていたのかも知れませんね。

「しかし、だったらわたくしはとんだマヌケですね……」

自分で苛めて自分で助ける――それが丸わかりだったなんて、考えるだけでなんだか恥ずかしくなってきます。

「マヌケなんてことはありません。その……ロゼリオ様に変身したフェアリア様が本気で私を慰めてくれていることは分かっていましたから……。だから思ったんです。きっとフェアリア様には何か深い思慮があるんだろうなって……」

「……なるほど」

だからわたくしがロゼリオ様の姿でフェアリアを蔑む言葉を口にしても、リーナはあまり乗ってこなかったのですね。

「ですが、それでも……わたくしがしたことは……。決して……許される……ことでは……。わたくしは……貴女をなか……ぐうう……泣かせてしまった……」

酷く傷つけた。その罪は決して消えない。

「泣かせた？　ああ、大浴場でのことですか……。あれは違いますよ」

「ちが……う？」

何が違うというのですか？

「あのとき私が泣いたのは……どうすれば貴女を救うことができるのかって考えて、それが分からなくて、分からないことが辛くて、泣いてしまったんです」

「……どう……いう意味……ですの？」

「泣いた日の昼間――私はロゼリオ様に教えられたんです。私が前の皇帝陛下の血を受け継いでいるって……。だから、私を旗頭にして決起するって……」

　語りながら、リーナはポロポロと涙を流し始めました。

「そうなれば私とフェアリア様は敵同士です。しかし、私は決起したいと思ってしまった。だって、この国の状況は……」

　最悪だったから……。

　現皇帝を倒さなければ、民衆が苦しむことになるから……。

　リーナはそれを理解していたのでしょう。

「私が皇帝位を継ぐ――そんなことはどうでもいいんです。寧ろそんな地位には就きたくない。でも、それでも、私が旗頭になることで皆が動くなら……力になりたい。そう思ったんです。でも、だけど……貴女とは敵同士になりたくなかった。だって私は……フェアリア様のことが好きだから……」

「――え？　あ……何故……ですの？　わたくしは貴女を……」

「はい。苛めてました。でも、助けてくれました。気付いてましたか？　フェアリア様って私を苛めてるとき、いつもすごく辛そうな顔をしてたんですよ。だからきっと、何か深い事情があるんだってことは分かりました」

　したくないけどしなければならない。だからきっと、苛めた後自分を励ましてくれる。

自分だって辛いのに、それ以上に「私のことを想ってくれている……」だから——

「気がつけば私は貴女のことが好きになってた。だから、大浴場でのことはイヤではなかった。寧ろ嬉しかったくらいです。だって、フェアリア様とキスをして、あんなに気持ちがいいことだってできたんですから……。そして、だからこそ……」

この後敵対しなければならないことをどうしても意識してしまい、その悲しさで泣いてしまったのだとリーナは言いました。

「でも、間違ってた。泣くだなんて……。泣いたりなんかせず、あのとき今、こうしているように、全部話しておけばよかった。そうすればこんなことには……」

わたくしを強く抱き締め、リーナは更に涙を零します。ひたすら泣きじゃくります。

わたくしはそんなリーナの目元に震える手を伸ばし、涙を拭いました。

「ふふ、嬉しい……」

痛みはあります。

でも、わたくしは笑いました。

「うれ……しい？」

「はい。嬉しいですよ……。だって、だって……ぐうう……わた、くしも……リーナ……貴女のこと、好きですからね。そんな子に、好きだと言ってもらえて……嬉しくないわけ……ありませんわ……」

隠していた想いを口にします。

こんなのプロ悪役令嬢としては失格もいいところです。

でも、だけど、これで最期なんです。これくらい許してくれますよね……。

そうしたわたくしの言葉に、リーナは瞳を丸々と見開くと――

「力……力を……私に……フェアリア様を救う力をッ！」

リーナは魔法を発動させました。

小柄な身体から魔力が溢れ出します。それがわたくしに流れ込んできます。とても温かな光です。

けれど、それだけです。

傷は癒えません。

だってこの世界には回復魔法は存在していないから……。

「お願い……塞がって……傷を……癒やして！　フェアリア様を助けてっ！」

何度も何度もリーナは叫びます。

でも、無理なものは無理なのです。

「わたくしは……いいんですよ……これで……」

これが運命なのだから……。

ちょっと普段の断罪時とは違った流れになってしまいましたが、贖罪は果たせたと考えていいはずです。だから、これでいい。わたくしは死んでいい。

「駄目……死んじゃ……死んじゃ駄目ですッッ!!」

そんなわたくしに対し、リーナが絶叫しました。

刹那、リーナの身体が光り輝きました。これまで以上に強大な魔力が溢れ出します。その力がすべてわたくしへと流れ込み——

「あ……嘘……これ……」

つけられていたはずの傷が、ゆっくりと塞がっていきました。

「リーナ……これ、あったかい……すごく……温かいです……」

わたくしの身体から苦痛が抜けていきます。

「傷が……直っていく……」

苦しみが消えていきます。

「リーナ……」

わたくしはリーナを見つめました。

リーナも見つめ返してきます。

「よかった……。本当によかった……」

わたくしが助かったことに気付いたリーナが笑います。

その上で――

「でも、これ……ふふ、あのときと……、私が貴女に救ってもらった子供の頃と……真逆ですね……リア……様……」

などという言葉と共に、リーナは意識を手放しました。

「――え？　リーナ？　リーナっ⁉」

今の言葉……どういうことですの？

なんで貴女がわたくしをリアだなんて？

それに、子供の頃とは真逆って……。

それって、あの日のことですの？

わたくしをリーナが庇って怪我をした日？　わたくしが傷ついたリーナを助けた日のことですの？

でも、何故このリーナがそんなことを……。

まさか……。

「リーナ……貴女は……リーナなのですか⁉」

倒れたリーナに対し、わたくしはそんな言葉を口にしていました。

十章　貴女と共に、永遠に……

学生寮のリーナの部屋――そのベッドにて眠るリーナを、わたくしは黙って見つめていました。

あれから既に三日が過ぎています。けれど、目覚める気配はありません。そのことはとても心配です。けれど、リーナの顔は穏やかで、呼吸もとても落ち着いている。だから大丈夫、きっと大丈夫ですわ。

そう自分に言い聞かせながら、ただひたすらわたくしは待ち続けました。リーナが目覚めるその時を……。

そして――

「リア……様？」

待ちくたびれて少しウトウトした始めた頃、聞き慣れた声が、あのわたくしが愛した、リーナ以外が決して呼ぶことがない名を呼んできました。

「リーナっ！」

ハッとして目を開けます。

すると、ベッドに横になった状態のリーナが、わたくしに笑みを向けてきていました。

「大丈夫？　どこも痛くありませんの!?」

苦しかったりはしないでしょうか？　とても心配です。

「大丈夫ですよ」

「そう……なら、よかったぁ……」

心の底からホッとしてしまいます。

「リア様こそ大丈夫ですか？　その……反乱軍の人達に酷いことはされていませんか？」

そんなわたくしに、リーナの方が心配げな視線を向けてきました。

「ああ、それなら大丈夫ですよ」

問題はありません。

わたくしは彼らの旗頭であるリーナを救った存在ですからね。それに、彼らは既にわたくしが反乱軍に出資をしていたことも知っています。あの後、彼らは寮内にあるわたくしの部屋を接収し、色々調べました。その結果、わたくしが出資者だったと彼らは知ったのです。そういうこともあり、一応監視はついているようですが、わたくしの自由は保障されましたの。

ということを説明します。

「そうですか……それなら……はぁああ……よかった」

先程のわたくしのように、今度はリーナがホッとしました。微笑む顔――とても可愛らしいです。思わず見惚れてしまいます。

ですが、リーナの顔をいつまでもボーッと見ているわけにはいきません。わたくしには確認しなければならないことがあるのです。

「それで、その……貴女は……リーナなのですか？　あの……リーナなのですか？」

どのリーナだと突っ込まれそうな質問です。しかし、他に言葉が見つかりませんでした。

ジッとリーナの目を見つめます。正直、少し緊張だってしてしまいます。ゴクッと、思わず喉を鳴らしさえしてしまいます。

そんなわたくしに――

「はい。そうです。私はリーナです。子供の頃、一緒に遊んだリーナですよ」

はっきりとリーナはそう答えてくれました。

「貴女も……転生したということですの？」

「刺される直前まで、忘れてましたけど……そういうことです」

リーナは微笑みます。

瞬間、わたくしの目からは涙がこぼれました。胸をギュウウウッと鷲掴みにされたような感覚が走ります。

リーナ……この子はリーナ……。

もう、二度と会えないと思っていたのに……。

嬉しいです。凄く嬉しい。思わず抱きしめたくなってしまうほどです。

ですが、喜びよりも伝えなければならないことがあります。

「リーナ……ごめんなさい」

泣きながら、言葉を絞り出します。

「――え？」

リーナは驚いた様子で目を見開きました。

「何がですか？」

何故自分が謝られているのかが分からないといった様子です。

「何がって……だって、わたくしは貴女に酷いことをしてしまったから……。大切な、本当に大切な友達だったのに……。いえ、わたくしにとってはそれ以上の存在だったのに、わたくしは貴女を苛めた。いいえ、それだけじゃない。貴女を酷く辱めた。貴女の尊厳を傷つけた。貴女を……死なせてしまった……。その上、今世でまで同じように貴女を……。だから……だから……ごめんなさい……」

謝罪したところで許されることではないのは分かっています。それでも謝らずにはいられませんでした。

リーナはそんなわたくしをポカンとした顔で見つめてきます。

その上で――

「今、なんて？」

などと呟きました。

「ですから、わたくしは前世でも今世においても、貴女に取り返しがつかないことをしてしまったから、それを謝ろうと……」

「違いますっ」

わたくしの答えにリーナは首を横に振ります。

「謝罪なんか……必要ありません。あの時は私も悪かったんですから……。リア様の立場だってあるのに、近づいて来るステファン殿下を拒絶できなかった。だから、私が悪いんです。それに、今世ではロゼリオ様のフリをして私を助けてくれた。だから謝罪なんかいらないんですよ。それより大事なのは、先程のリア様の言葉です。私が友達以上の存在だったって……それ、どういうことなんですか？」

リーナの表情はどこまでも真剣です。

「どうってそれはその……そ、そのままの意味ですわ」

友達以上——それはつまり、心の底から……。

ですが、口にできません。なんだかとても恥ずかしいからです。

「それだけじゃ分かりません。はっきり教えてほしいです」

けれど、リーナは引いてくれません。ジッとわたくしを見つめ続けてきます。誤魔化すことはできそうにありません。

ですから——

「……貴女のことを友人として以上に……その、好きだと……。あ、愛してると……そ、そういうことですわ……」

顔が真っ赤になっていくのを感じながら、わたくしは絞り出すようにそう告げました。

「好き……リア様が私を……愛してる……」

反芻《はんすう》するようにリーナは呟きます。

途端に申し訳なさが膨れあがってきました。

「本当に……ごめんなさい」

感情に流されるがまま、もう一度謝罪します。

「どうしてですか？　なんで謝るんですか？」

「なんでって……だって、わたくしには貴女を愛する資格なんてないから……。わたくしは貴女を苛め、辱めた。わたくしは貴女のことが好きだったのに、貴女との間に距離を感じて、それが気に入らなくて、その想いをどうにもできなくて、苛めという形で、辱めという形で、表に出してしまった。それによって貴女の命まで奪ってしまった……」

絶対に許されないことです。

だから――

「最期に貴女に謝ることができてよかった」

言葉と共にわたくしはずっと隠し持っていたナイフを取り出すと、それで自分の首を刺そうとしました。

「ちょっ！　だ、駄目ですっ！」

瞬間、リーナが飛び起きてナイフを持ったわたくしの手を掴んできました。

「止めないでください。わたくしは死なねばならないのです」

「死ぬって……どうしてですか⁉　リア様は死ななければならないような罪は犯していません」

「いいえ、犯してますよ。実際貴女は前世で自死を選んだのですから……。わたくしの辱めに傷ついたからでしょう？　だから、わたくしはその責任を負わなければならない。贖罪の為に九九回生まれ変わり、命を捧げる――女神様とそんな約束だってしているんです。罪を贖う為にはこうするしかないんです！　貴女の魂を救う為にも！　だから……この手を放して！」

部屋中に響くような声で叫びます。

すると次の瞬間――

「リア様の……バカっ！」

バチンッとリーナはわたくしの頬を叩いてきました。

「――え？」

ジンジンとした痛みが走ります。

まさかリーナに叩かれるなんて思ってもみなかった事態に、わたくしは驚き、目を見開いてしまいました。

「全部……何もかも間違ってますっ！」

そんなわたくしを真っ直ぐリーナは見つめると――

「責任を負う必要なんてないんです。だって、罪を犯したのは私の方なんですから」

わたくしと同じようにポロポロ涙を流しながら、そのようなことを訴えてきました。

「罪？　なんの罪を犯したというのです？」

「……私も……リア様、貴女のことが好きだった。前世で一緒に遊んだあの日以来、私はずっと貴女を友達以上の存在だと思っていたんです」

わたくしの問いに対し、リーナはそんなことを語り始めました。

「わた……くしを……リーナが……？」

「はい。ですから、私は貴族学園に入学し、貴女に再会できた時、心の底から喜びを感じました。これでまたリア様と一緒にいられるって……。でも、私はその想いを伝えられなかった。隠してしまった」

身分差があるからと、リーナはわたくしから距離を取ろうとした。

「結果、私達の関係はこじれてしまった。私が昔みたいに接することができていれば、リア様がしたくないことをすることもなかったのに……。そのせいで……私は貴女に罪を犯させてしまった。リア様の命を奪うことになってしまったんです。だから……だから……私は自分の命を捨てたんです」

「え？　それって……」

辱められたことを苦に自死をしたわけではない？

「そうです。私はリア様の最期なんて絶対に見たくなかった。聞きたくなかった。だから……貴女より先に死ぬことにしたんです……」

そこで一度言葉を切ると、リーナは力が抜けたわたくしの手からナイフを奪うと、それを床に放り投げました。

その上で――

「それが私の犯した罪です」

ぽつりと口にします。

「心を隠した……。貴女を救おうともしなかった。救えると思うことができなかった。身分が低い私ではどうにもできないと諦めてしまった。許されることじゃありません。だから、私は贖罪をすることになった。」

「贖罪？　リーナ、貴女もそんなことをしていたのですか？　ただ魂になって彷徨っているだけではなかったということなのですか？」

「はい……。私はね……リア様、貴女の繰り返して来た人生をずっと見てきたんです。今世を除いた九八回の貴女の人生を……。貴女が苦しみながら悪として生きる姿をずっと……。それが私の贖罪でした。自分のせいで大切な人が苦しむ姿を見続けなければならない。本当に苦しい時間でした」

見ていた。わたくしの悪役令嬢姿をずっとリーナが……。

「リア様、私は知っています。貴女は十分罪を償ったということを……。もう死ぬ必要なんてないんです。」

償った。罪を贖った……。

リーナがそう口にしてくれた。

胸が詰まります。

これまでのすべての頑張りが報われたような気分になります。また涙が零れ落ちてしまいます。嬉しい。嬉しい――どうしようもないほどに喜びが溢れ出てきてしまいます。

でも、だけど……。

「貴女の気持ちは凄く嬉しいです。でも、女神は確かに言いました。九九人を救済し、九九回命を捧げなければならない――と」

そうしなければ、もしかしたら、リーナの魂を本当の意味で救うことができないかもしれないから……。

「だから――」

「死ぬと……そう言いたいんですか？」

「……はい」

わたくしは頷きます。

するとリーナは「なるほど」と呟いた上で「リア様って案外お馬鹿なのですね」などと

いう辛辣な言葉を向けてきました。

「なっ⁉　お、お馬鹿とはなんですか！　わたくしは考えに考えた上で……」

「いいえ、考えてなんかいませんよ。いいですか、なんで今、ここで死ぬことに拘るんですか？　これまで貴女は断罪された後、自死を選んだことなんか一度もないでしょう？」

「……そ、それは……。まぁ確かにその通りですが、それは、自死を選ぶ必要がなかっただけです。自分で死ぬまでもなく、死の方が訪れてきたのですから……」

「でしょう？　だったら……生きてください」

「…………？」

リーナの言いたいことがよく分かりません。

思わず首を傾げたわたくしに、リーナは「贖罪の死は、必要であれば向こうから訪れるということですよ」などということを……。

「償う必要があれば、貴女は自然と死ぬことになる。だったら、その時まで、その時が来るまで……生きてください。一生懸命私と！　それが本当の償いです」

言葉と共にリーナはわたくしの身体をギュッと抱き締めてきました。

温かなリーナの体温が、柔らかな身体の感触が伝わってきます。わたくしのすべてがリーナに包み込まれているような感覚でした。なんだかとても心地良いです。

「死が二人を分かつその時まで、お願いですから一緒にいてください。私は貴女と共に生きたい。だって、リア様のことが本当に好きだから」

好き――心の底からの言葉だということが分かります。リーナの想いがわたくしの胸に染み込んでくるのを感じます。嬉しい。本当に嬉しい。

喜びが広がります。

同時に思いました。

生きていたい――と。

大好きなリーナと共に最期が訪れるその時までずっと一緒にいたい――と。

そんな想いを伝えるように、わたくしはリーナを抱き返しました。背中に手を回し、ギュッと強く抱き寄せます。

「本当に……本当に一緒にいていいのですか？」

「当たり前です」

息が届くほどの距離で、わたくし達は見つめ合います。

そして――

「んっ」

「ふんんっ」

どちらからともなくキスをしました。

唇と唇が重なり合います。触れ合うだけのキス。けれど、心も身体も一つに溶け合い、混ざり合っていくような感覚を抱くことができました。自分のすべてがリーナで満たされていくような気がします。それが本当に気持ちいいです。

でも、だけど、まだ足りません。もっとリーナを——そんな想いが止めどなく溢れ出てきてしまいます。

きっとそれはリーナも同じなのでしょう。

「リア様……ふっちゅ……んちゅう」

ただ唇を重ねるだけでは足りないと言うように、リーナはわたくしの口に舌を挿し込んできました。それに応えるように、舌に舌を絡みつけます。

「んっちゅ……ふちゅっ！　ちゅっちゅっちゅっ……んちゅう」

「ちゅっる、んちゅる……むっ！　んっふ……ちゅっろ……れちゅろぉお……」

唇と唇の間からクチュクチュという淫靡な音色が部屋中に響いてしまうことも厭いません。わたくし達は互いの口腔を、わき上がる想いのままに貪り合いました。

気持ちいい。これ、熱くなる。全身が燃え上がりそうなくらいに……。

それに、疼いてしまいます。ジンジンとあそこが……。

するとそうした想いに気付いたかのように、リーナがキスを続けたまま、わたくしの身体をベッドに押し倒してきました。その上で制服に手をかけると、器用にボタンを外してきます。わたくしの白い肌が、白いレース製の下着が、剥き出しにされてしまいました。いえ、下着さえも上にずらされてしまいます。わたくしの乳房が露わになりました。

リーナはここからが本番だというように、そんな胸にも手を添えてきます。

「んっ……あっ……はんんっ」

捏ねくり回すように胸を揉んできました。

キスを続けながらの胸への愛撫――一瞬思考が蕩けそうになるほどの愉悦が走ります。その心地良さに思わずわたくしは鼻にかかったような甘い吐息を漏らしつつ、ビクビクッと肢体を震わせてしまいました。

「気持ち良さそうですね。でも、もっと……もっとです。もっともっと、私がリア様を感じさせてあげますね……んっちゅ、ふちゅっ！　むちゅるぅ」

わたくしの反応に嬉しそうな表情を浮かべつつ、更に乳房に刺激を加えてきます。ただ揉んでくるだけではなく、時には乳首を指先で押し込んだり、クリクリ転がすように刺激したり、摘まんで引っ張ったりなんてことをしてきました。

「あっ……んひんっ！　あっあっ……はぁあああ……」

甘く痺れるような愉悦が走ります。

浴室でさせていた奉仕――あの時よりも丁寧な愛撫によって、わたくしの身体はこれまで感じたことがないほどの性感を覚えてしまっていました。簡単に達してしまいそうなほどです。

でも、それは駄目です。

わたくしだけ気持ちよくなるなんて駄目。一緒がいい。イク時は二人一緒が……。

膨れ上がってくる想いにわたくしは逆らいませんでした。

愛撫を受け、身悶えしながらも、わたくしもリーナの制服や下着を脱がせ、胸を露わにさせました。そのままリーナがわたくしにそうしているように、乳房に手を添えます。刻まれる愛撫にシンクロするように、わたくしもリーナの肢体を刺激し始めました。

「やっ……んっ！　ちょっ！　だ、駄目ですよリア様」

「駄目？　どうしてですの？　気持ちいいのでしょう？」

「それは……んっんっ……確かにそうですけど……今は、私がリア様を気持ちよく……」

「なるほど……。ですが、そんなのは許しませんわよ。わたくしは一方的にされるというのが嫌いですの。だって……ふふ、プライドが高い悪役令嬢ですからね。だから、ほら、一緒に気持ちよくなりましょう」

捏ねくり回すように胸を愛撫し続けます。リーナの乳房に指を食い込ませ、指先で乳輪をなぞるように刺激します。

そんな愛撫に感じているのか、やがてリーナは腰をヘコヘコと動かし始めました。乳房だけではなく、こっちも気持ちよくしてほしいと訴えているような動きです。

愛する人が求めているのならば、わたくしも応えなければなりませんね。

乳房から一度手を離すと、わたくしはリーナの下半身に手を伸ばしました。スカートを捲り上げ、ショーツの上からクロッチに触れます。

「あんっ」

途端にリーナは可愛らしい声を上げました。

同時にジュワアッと愛液が溢れ出し、下着越しにわたくしの指を濡らしてきました。あそこに触れられることにリーナの肉体が喜んでくれていることがよく分かる反応です。

そうした姿に愛おしさを感じつつ、わたくしはゆっくりと指を動かし、リーナの秘部をグッチュグッチュグッチュと擦り上げました。

「あっは……んんん！　それは……だっめ……あっあっ！　感じる……感じすぎちゃいます！　だから……駄目ですぅ」

「ふふふ、可愛いですわよ。もっと見せてください。そんな姿を……」

悶える姿をもっともっと見たい――そうした想いを抑え込むことなんかできません。

膨れ上がる想いのままに、わたくしは指を蠢かし続けます。

「私だけ……なんて……駄目っ！　り……リア様もっ！」

するとリーナは負けてはいられないとばかりに、わたくしの下半身に手を伸ばしてきました。わたくしがそうしたようにスカートを捲り上げると――

ぐっちゅ！

「んんんんっ！」

下着の中に指を挿し込み、直接、既に濡れてしまっている花弁に触れてきました。

指の温かさが秘部に伝わってきます。するとそれだけで、一瞬視界が真っ白に染まるほどの性感を覚えてしまう自分がいました。

「リア様のここ……グショグショです。こんなになるくらい……感じてくれていたんですね。嬉しいです。でも、まだですよ。まだまだ……本番はこれからです」

もちろん触れてくるだけでは終わりません。

ぐっちゅ……にゅちゅうう……。ぐっちゅぐっちゅぐっちゅぐっちゅぐっちゅ……。

「んっは、あっあっあっ！　そっれ、あああ……それはぁあ！　んんん！　はっふ……んひんんんっ」

指が動き出します。わたくしの敏感部を、淫靡な水音が響いてしまうほどの勢いで、繰り返し擦り上げ始めてきました。

動きに合わせてこれまで以上に強い刺激がわたくしの身体に流れ込んできます。身体中が蕩けそうなほどの性感です。強すぎる刺激に、声を抑えることもできません。

気持ちがよすぎて、数度撫で上げられただけだというのに、簡単に達してしまいそうにさえなってしまいます。

でも、このままイクのは駄目です。

わたくしだけ達するなんていけません。イク時は一緒がいいです。

だから、わたくしは必死に絶頂感を抑え込むと、リーナがそうしているように、ショーツの中に指を挿し込み、直接グチョグチョに濡れた花弁に触れました。

「あっは……んぁぁあああ」

リーナにも余裕なんかなかったのでしょう。過敏に反応します。少し触れただけだというのに、まるで電気でも流されたみたいに全身を打ち震わせました。

気持ち良さそうな反応でとても嬉しいです。

けれど、この程度では満足できません。

見せてください。もっと感じ、悶える姿をわたくしに……。

想いのままに指を動かします。濡れた秘裂を上下になぞります。するとリーナは「あっあっ……それ……す、すごっ！　んん！　だ、駄目です！　感じすぎちゃいます」とすぐさま喘ぎ始めました。

瞳をトロンとさせ、口を半開きにします。一目見て感じていることが分かる艶やかな表情でした。

声や表情だけではなく、肉体でも愉悦を訴えてきます。ジュワリッと秘部からはより多量の愛液が溢れ出し、ねっとりとした蜜が指先に絡んできました。白い肌も桃色に紅潮していきます。リーナの全身から汗が溢れ出し、甘ったるく、それでいて生々しさを感じさせる、噎せ返りそうなほどに濃厚な香りが、わたくしの鼻腔をくすぐってきました。

襞の一枚一枚が蠢き、指に吸い付きます。もっと感じさせて、もっと強く擦って——リーナのすべてがわたくしを求めてきているかのような反応でした。

ここまでわたくしの愛撫で喜んでくれている。感じてくれている——その事実にわたくしの興奮もより高まってしまいます。リーナの秘部と同じように、わたくしの肉花弁も淫らに開き、密着する指に蜜を塗りつけました。

もっと刺激してほしいと思ってしまいます。

それも、ただ表面をなぞるだけでは足りません。

「リーナ……はふぅう……挿入れて……。わたくしの膣中に貴女の指を……。わたくしに貴女を刻み込んでください」

膣中でも感じたいと思いました。自分の身体にリーナの爪痕を残してほしい――と。

「私もです。私も……感じたい。リア様を私の膣中に……お願いします」

同じことをリーナも望んでくれます。

「分かりました。リーナ」

「リア様」

改めてわたくし達は――

「愛してますよ……リーナ……んっちゅ……ふちゅう」

「好き……私も好きですリア様……むっちゅる……んちゅるぅ」

口付けをしました。

その上で――

じゅっぷ！　にゅじゅぶぅう……。

「んんんっ！　ふっく……んんんっ」

「んっんっんっ――んふぅううううっ！」

互いの秘部に指を挿入しました。

膣口を拡張しながら、ジュブジュブと指を膣奥へ進めます。そのまま躊躇うことなく、純潔の証を二人同時に、奪いました。

「あっぐ……んぐうううっ」

「ふぐぅう……うっうっ……くぅううう……」

強い痛みが走ります。大切な何かが破れた様な感覚です。自分の身体が引き裂かれるような痛みが走りました。苦痛に表情が歪みます。秘部からは血まで溢れ出しました。

しかし、痛いけれど、幸せだと思ってしまいます。リーナが自分に刻まれたような気がして、痛みを凌駕するほどの幸福を感じました。

「これ……痛いですね。でも、リア様……痛いけど、私……幸せです。凄く……あっあっ……う、嬉しいです」

僅かですが、リーナの眉間には皺が寄っています。痛いのでしょう。

ですが、リーナは微笑んでくれました。本当に幸せそうに……。

それほどまでにわたくしとの行為で喜んでくれているということに、わたくしと同じ想いでいてくれるということに、堪らないほどの喜びが膨れ上がってきます。

「わたくしも……はぁああ……わたくしも同じですよ。んんん……はふぅう……幸せ、すごく……幸せです……んっちゅ……むちゅううう」

幸福を伝えるようなキスをしました。

それと共に指を動かし始めます。もっともっと強くリーナにわたくしを刻み込む為に、破瓜したばかりの蜜壷をグチュグチュとかき混ぜました。

すると同じようにリーナも指を動かしてくれます。

膣壁をリーナの細指が擦っているのが分かる。リーナの指の動きに合わせてわたくしの大事なところの形が変えられていくのが分かる。まるでわたくしがリーナによって変えられていくような感覚です。

それが嬉しい。嬉しくて、気持ちいい。

「かん……じる……。はぁあぁ……リーナ……わたくし……これ……んっんっんっ！　リーナのゆ……指で膣中、かき混ぜられて……凄く……気持ち……よく……あっあっ……なってしまって……い、います……んはぁあああ」

痛みが快感に溶けていきます。

「私もです。初めてなのに……リア様にあそこグチュグチュされるの……気持ちよくて……こんなの……簡単に……私……あっあっあっ」

潤んだ瞳で真っ直ぐわたくしを見つめてきます。

はっきり口にしたわけではありませんが、わたくしにはすぐにリーナが達しようとしていることが分かりました。だって、わたくしも同じでしたから……。

「わたくしもです。んんん！　感じます。リーナの指が気持ちよ……すぎて……んっふ、はふんん！　もう……あっあっ……もうっ！　で、ですから……一緒……リーナ……一緒に……貴女と……」

「はい……イキましょう……一緒に……」

強く互いの身体を抱き締め、指を深く挿し込みます。

「もう一度……キス……ふっちゅ……んんんん！」

「むっちゅる……ふちゅるっ！　ちゅっぱ……んちゅっぱ……ちゅるるるるぅ」

そのままキスをし、互いの口腔に舌を挿し込みました。

指で膣を、舌で口腔をかき混ぜます。強く強く身体を密着させながらの濃密愛撫。こんなに気持がよくて幸せなことはありません。もう、こんなの無理です。

イク！　イキます。リーナと一緒にもう……。

「り……リーナ……んんんんっ！」

「リア……様……ふっちゅ……んちゅううう」

身体も心も一つに溶け合わせながら――

「イッく……イクイク！　あっあっ……イキ……ますわぁああ」

「あっは、イク！　リア様と一緒に……イッくぅううう！　あっあっあっ……はぁああ」

わたくし達は同時に達しました。

挿し込まれた指をきつく蜜壺で締めつけながら、プシュウッと愛液を飛び散らせます。まるでお漏らしでもしたみたいにベッドシーツが濡れてしまいますが、止めることなんかできません。

「好き……リーナ……あああ、好きですわぁあ」

「私も大好きです……愛しています。リア様ぁああ……」

快感に負けないほどに肥大化してきた絶頂感に流されるがままに、わたくし達はひたすら快楽に溺れ続けました。

全身が虚脱感に包み込まれます。

ですが、それでも――

「まだ……リーナ……」

「はい……もっと……」

わたくし達は満足できませんでした。

もっと互いを感じたい。もっと自分を相手に刻みたい――そんな想いのままにわたくし達は、また互いの敏感部を刺激し始めました。

「あっは……んはぁああ……れろ……んちゅれろっ……ちゅれろぉおお……」

「んんん！　それ！　あああ、いいですわ！　とっても……いいっ！　んっちゅる……ふちゅるるるぅ」


制服も下着もすべて脱ぎ捨て、互いの秘部に顔を埋め、肉壁を舌で刺激します。ヒダヒダを舐め合います。まるでケダモノ同士のように……。


かと思えば――

「あああ……これだけでも気持ちいい……」

「何もしてないのに……幸せで……感じてしまいます」


愛撫も何もせず、ただ抱き合い続けるなんてことも……。


更には――

「これ……キスしてるみたいです」

「そうですわね……。んんん！　あっは……はぁああ……わたくし達が混ざり合っていくみたい……ですわぁあ……あっあっ……はぁああぁ……」


秘部と秘部を重ね合わせ、互いに腰を振り、性器同士を擦り合わせたりも致しました。

愛液と愛液を絡め、襞と襞でキスをします。

「ずっと……んんん！　ずっと一緒ですわ。もう……二度と離れません。最期の時まで……ずっとリーナと……」

「はい……一緒です。いつまでも……永遠に……リア様……」

ギッギッギッとベッドを軋ませながら、快感を刻み合います。

陰核で陰核を押し込むように刺激すると、それだけで頭の中が真っ白になりそうなほどに感じてしまいました。

「これ……また……」

「ですねリア様……。こんな気持ちいいの、我慢できるわけがないです。だから……もう一度……また……」

「ええ……」

秘部を密着させたままわたくし達は身体を起こして見つめ合うと、これで何度目になるかも分からないキスをしました。その上で、より強く性器を押しつけます。

二人の身体が一つに溶け合っていくみたい。

そんな感覚に、これまでのすべての人生において最高の幸福を感じながら――

「イッく……ンンンッ！　ふっちゅ、むちゅぅう！　イクぅ！　リーナと一緒……一緒にイク！　イクイク――イッくぅう！　んっんっんっ――んふぅう！」

「わった、しも……リア様……リア様……り……あ……しゃまぁあ！　あっあっあっあっ……あはぁあああ」

わたくし達はまたも絶頂に至るのでした……。

※

甘さを帯びた二人の匂いが充満した部屋にて、わたくし達は生まれたままの姿で、ベッドに並んで横になっていました。

肩を寄せ合い、手を握り合います。

伝わってくる体温がとても心地いいです。

「これからはずっと一緒なんですよね？」

わたくしを真っ直ぐリーナが見つめてきました。

「もちろんです。ずっとずっと……最期の時まで……いえ、多分、生まれ変わっても、離れることはないですよ」

心からの想いです。

「……そうですか」

わたくしの答えに本当に嬉しそうにリーナは笑ってくれました。

そんな笑顔に引き寄せられるように、わたくしは「大好きです。愛していますよ」の言葉と共に、今一度優しくキスをするのでした。

ふふ、こんな幸せ、まるで悪役令嬢モノのヒロインになったみたいですね。

終章　いつまでも幸せに……

帝都中央の城、そのバルコニーにフェアリアとリーナが並び立った。

二人を見た帝都の人々が歓声を上げげる。誰もが帝国の新しい門出を祝っているような光景だった。

私――サリア＝ハートネスもその光景を魔法の水晶を通じて見つめる。

二人は本当に幸せそうな笑みを浮かべながら、国民が見ている前で、ソッと唇を重ね合わせた。

更に歓声が大きくなる。

誰もが二人を祝福しているのがよく分かる光景だった。

自然と私も笑ってしまう。

漸くこの日が来たのだ――と。

悲劇は二人の心のすれ違いから起きた。

想い合っていたはずの二人なのに、素直な心を表に出せなかったから、二人共死ぬことになってしまった。

女神としてそんな二人を知ってしまった私は、黙ってはいられなかった。

二人の魂を救いたい――そう思った。

けれど、二人を幸せにするには、起こしてしまった罪を浄化しなければならない。

その為の九九回の転生……。

ただでさえ辛い目に遭っているのに、更に苦しむようなことはさせたくなかったけれど、二人を救う術はそれしかなかった。

すまない。本当に……。

九九回も苛めや嫌がらせをするのは辛かっただろう。その光景をただ見つめ続けるのは辛かっただろう。

でも、二人はやり遂げた。

九八回目の断罪にて、二人の罪はほぼ浄化された。

故に私の秘術でリーナは生まれ変わることができた。再びフェアリアと出会う為に……。

それがうまくいってくれた。

本当によかった。

後は二人共、そのまま一緒に幸せに過ごしてくれ。ずっと一緒に……。

なんて、私が言うまでもないな。

「立派な皇帝におなりなさいリーナ。わたくしがしっかり支えてあげますからね」

「はい。大丈夫です。リア様が一緒なら、私は絶対に大丈夫」

二人の心は繋がっているのだから……。

いつまでもいつまでも……幸せにな。

上田ながの執筆 おすすめ作品

二次元ドリーム文庫

奴隷の私と王女様
～異世界で芽吹く百合の花～

異世界に迷い込んでしまった普通の女子校生・水城愛。不審人物として城に連行されると、その取り調べの相手はなんと国の王女様！そこで愛は王族への不敬罪に問われ、王女・レインの専属奴隷になることに。冷たい態度をとるレインにもめげずに奴隷として仕える愛だったが、ある日レインから夜伽を命じられたことで二人の関係は急転していき…？

小説●上田ながの　挿絵●ここあ

上田ながの執筆おすすめ作品

二次元ドリーム文庫

百合ACT
〜王子様なお姫様、お姫様な王子様〜

幼馴染みの渚と風花はとあるトラウマを抱えて離別してから数年後、風花の転校を切っ掛けに再会するも、お互いの変貌ぶりに困惑してしまう。何かを演じているような違和感に突き動かされた二人は、思いつきで恋人の真似事をすることに。やがてそれはお互いのトラウマを剥がし合う愛撫へと変わっていく。

小説●上田ながの　挿絵●天音るり

上田ながの執筆おすすめ作品

二次元ドリーム文庫

催眠カノジョ
高梨伊織催眠記録

学校中の男子が憧れるクラスメイトの美少女・伊織に密かに想いを寄せていた翔太。そんな彼女に近づきたい一心で試した催眠アプリが見事に成功し、二人の関係は大きく変化を迎えることになり……？　優等生にエッチな悪戯を仕掛け、調教し、自分好みに変えていく夢のような学校生活が始まる！

小説●上田ながの　原作・挿絵●一葉モカ

作家＆イラストレーター募集！

編集部では作家、イラストレーターを募集しております

プロ・アマ問いません。原稿は郵送、もしくはメールにてお送りください。作品の返却はいたしませんのでご注意ください。なお、採用時にはこちらからご連絡差し上げますので、電話でのお問い合わせはご遠慮ください。

■小説の注意点

①簡単なあらすじも同封して下さい。

②分量は 40000 字以上を目安にお願いします。

■イラストの注意点

①郵送の場合、コピー原稿でも構いません。

②メールで送る場合、データサイズは 5MB 以内にしてください。

E-mail：2d@microgroup.co.jp
〒104-0041 東京都中央区新富1-3-7ヨドコウビル
㈱キルタイムコミュニケーション
二次元ドリーム小説、イラスト投稿係

二次元ドリーム文庫
マスコットキャラクター
ふみこちゃん
イラスト：笹弘

本作品のご意見、ご感想をお待ちしております

本作品のご意見、ご感想、読んでみたいお話、シチュエーションなど
どしどしお書きください！　読者の皆様の声を参考にさせていただきたいと思います。
手紙・ハガキの場合は裏面に作品タイトルを明記の上、お寄せください。

◎アンケートフォーム◎　**https://ktcom.jp/goiken/**

◎手紙・ハガキの宛先◎
〒104-0041 東京都中央区新富 1-3-7 ヨドコウビル
(株)キルタイムコミュニケーション　二次元ドリーム文庫感想係

悪役令嬢 PRO
～貴女を救う為に99回転生し、すべての人生で悪を為してみせますわ～

2022年7月30日　初版発行

【著者】
上田ながの

【発行人】
岡田英健

【編集】
山崎竜太

【装丁】
マイクロハウス

【印刷所】
株式会社広済堂ネクスト

【発行】
株式会社キルタイムコミュニケーション
〒104-0041　東京都中央区新富1-3-7ヨドコウビル
編集部　TEL03-3551-6147／FAX03-3551-6146
販売部　TEL03-3555-3431／FAX03-3551-1208

禁無断転載 ISBN978-4-7992-1597-5　C0193
©Nagano Ueda 2022 Printed in Japan
乱丁、落丁本はお取り替えいたします。